O CASTELO DOS FANTASMAS

Edgar J. Hyde

Ciranda Cultural

O CASTELO DOS FANTASMAS

Edgar J. Hyde

CIP-BRASIL. CATALOGAÇÃO NA PUBLICAÇÃO
SINDICATO NACIONAL DOS EDITORES DE LIVROS, RJ

H992c
    Hyde, Edgar J.
    O castelo dos fantasmas / Edgar J. Hyde [pseudônimo de
Robin K. Smith]; [tradução Silvio Antunha]. - 1. ed. - Barueri, SP:
Ciranda Cultural, 2016.
    112 p. ; 20 cm. (Hora do espanto)

    Tradução de: Captured in the castle
    ISBN 9788538064664

    1. Ficção infantojuvenil escocesa. I. Antunha, Silvio. II. Título.
III. Série.

16-31289
                                 CDD: 028.5
                                 CDU: 087.5

© 2015 Robin K Smith
Esta edição de *Hora do Espanto* foi publicada em acordo com
Books Noir Ltd.
Título original: *Captured in the Castle*

© 2016 desta edição:
Ciranda Cultural Editora e Distribuidora Ltda.
Tradução: Silvio Antunha

1ª Edição
2ª Impressão em 2017
www.cirandacultural.com.br
Todos os direitos reservados. Nenhuma parte desta publicação
pode ser reproduzida, arquivada em sistema de busca ou transmitida
por qualquer meio, seja ele eletrônico, fotocópia, gravação ou outros,
sem prévia autorização do detentor dos direitos, e não pode circular
encadernada ou encapada de maneira distinta àquela em que
foi publicada, ou sem que as mesmas condições sejam
impostas aos compradores subsequentes.

Sumário

Capítulo 1	7
Capítulo 2	15
Capítulo 3	23
Capítulo 4	35
Capítulo 5	45
Capítulo 6	57
Capítulo 7	65
Capítulo 8	73
Capítulo 9	79
Capítulo 10	85
Capítulo 11	95

Capítulo 1

– Mas, mãe, todo o pessoal vai! – David implorou, seguindo sua mãe, que carregava a roupa suja e entrava na cozinha da casa deles em Newtown-on-Sea.

– Você já disse isso, David. Mas eu não sei. Todos nós estamos tentando economizar para as férias de verão, não sei se temos condições – a senhora Ashton respondeu, jogando a roupa suja na máquina de lavar.

– Mas, mãe, é só uma noite, e eu tenho um pouco de dinheiro que sobrou do meu aniversário. Eu posso usar essa graninha...

– O dinheiro do seu aniversário acabou faz tempo, David! E você ainda deve ao seu pai o dinheiro do passeio que você fez no mês passado para o parque de diversões – a senhora Ashton respondeu, fechando a tampa da máquina de lavar.

– Mas, mãe, só eu que não vou. O Simon vai, o Stevie vai, todos vão, até o Jason, e ele nunca vai para lugar nenhum – David retrucou, chateado.

Hora do Espanto

A senhora Ashton olhou para o filho e o segurou pelos ombros.

– Se você disser "mas, mãe" mais uma vez, eu vou abrir a tampa da máquina de lavar e jogar você lá dentro. Não me interessa se a escola inteira vai, se a cidade toda vai...

– Mas... – David começou a falar, mas logo desistiu ao notar a expressão no rosto da mãe.

Ele sentiu na mesma hora que aquilo era uma causa perdida. Livrou-se das garras da mãe e deu meia-volta. Triste, saiu e foi até o corredor.

A senhora Ashton o observava enquanto ele se afastava de cabeça baixa e ombros caídos, feito um cachorro triste. Ela sacudiu a cabeça.

– Vou falar com o seu pai hoje à noite! Vamos ver – ela gritou, enquanto ele desaparecia pelo corredor.

Se a senhora Ashton tivesse visto o rosto do filho naquele momento, teria notado o sorriso dele de orelha a orelha. David sabia que tinha vencido. A mãe tinha caído direitinho. O pai era jogo fácil. Agora a viagem estava garantida.

David levantou a cabeça, correu para o quarto e saltou na cama. Ele se deitou e olhou para o teto. Sorriu para si mesmo de novo. Estava a caminho de Linchester com o resto de seus amigos.

O Castelo dos Fantasmas

A professora Melanie havia informado a todos sobre a viagem no início da semana. Dois dias em Linchester, passando a noite em uma pousada. Ela até disse que eles visitariam o castelo de Linchester.

David mal podia esperar. Tinha ido a Linchester apenas uma vez, para fazer compras em uma loja sem graça de móveis com a mãe, o pai e a irmã. Ele se lembrou de ter visto o castelo no alto de uma montanha da cidade. Era realmente impressionante. O tempo estava horroroso naquele dia, e uma névoa cinzenta pairava sobre as muralhas do castelo, que ficou com uma aparência misteriosa e sombria. David lembrou de ter olhado para o castelo pelo vidro do carro do pai, imaginando todas as batalhas que haviam acontecido lá. A fortaleza parecia bem escura e ficava à beira de um monte rochoso. Muitas pessoas tinham morrido tentando escalar as pedras. Tantas histórias de honra e bravura! David não via a hora de voltar.

Duas horas depois, tudo estava resolvido. O pai de David chegou em casa e foi muito fácil convencê-lo, como sempre. David ouviu o pai e a mãe conversando na sala da frente.

– Vai ser bom para ele! Passeios assim são interessantes, educativos – o senhor Ashton sugeriu à esposa.

Hora do Espanto

– Passeios assim são cheios de crianças fazendo gracinha e tentando se meter no máximo de problemas possível – replicou a senhora Ashton, brava.

– Pare com isso, querida, não seja desmancha-prazeres – o marido amenizou. – Acho que devemos deixá-lo ir. Vou falar para ele economizar a mesada dele.

Poucos minutos depois, a senhora Ashton concordou, e a viagem estava de pé. David sorria, a caminho do jantar. Procurou evitar contato visual com a mãe. Ele não falou nada, pois não queria provocá-la. Ela ainda poderia mudar de ideia.

Ele terminou a refeição rapidamente e correu para a casa de seu amigo Simon, que morava perto dele, na mesma rua. David Ashton e Simon Langley eram amigos havia muito tempo. Estudaram na mesma creche, fizeram o Ensino Fundamental na mesma escola, e fazia um ano que tinham começado o Ensino Médio juntos também. Jogavam no mesmo time de futebol, estavam na mesma equipe de natação, eram praticamente inseparáveis.

Simon estava no quintal, pintando o barracão de seu pai. Ou ele estava de castigo por ter feito alguma coisa muito errada, ou estava tentando conse-

O Castelo dos Fantasmas

guir alguma coisa dos pais. Dessa vez, tratava-se da última opção. Essa foi a única maneira que ele encontrou de fazer os pais concordarem com a ideia da excursão. No entanto, os pais de Simon exigiram um preço alto: Simon teria que pintar o barracão, cortar a grama, lavar os dois carros e lavar toda a louça por um mês!

"Coitado do Simon" – pensou David.

Seu velho amigo obviamente precisava de treinamento na arte de enrolar os pais e de sair impune. David precisaria ensinar alguns truques para Simon.

Simon levantou os olhos quando o amigo passou pelo portão do jardim.

– Ei, David – ele chamou, enquanto David caminhava pelo jardim. – Salve-me deste pesadelo. Você já teve que pintar madeira marrom de marrom? Não consigo ver nenhuma diferença. As partes velhas e as partes pintadas parecem exatamente iguais.

– É melhor tomar cuidado, porque o seu pai vai perceber a diferença. Ah, você esqueceu desse cantinho – comentou David, rindo do azar do amigo.

– Nem vem. O meu pai já veio ver a pintura três vezes. Nesse ritmo, vou ficar aqui a semana toda – Simon reclamou.

Hora do Espanto

– Tome. Faça uma pausa! Coma um biscoito! – David riu, jogando para o amigo um biscoito que ele tinha pegado na cozinha de sua casa.

Simon conseguiu pegar o biscoito com a mão livre, e o pincel que estava na outra mão dele passou perto das flores que estavam no parapeito da janela, enquanto o garoto lutava para manter o equilíbrio.

Os dois amigos se sentaram nos degraus do fundo do quintal de Simon e começaram a planejar todas as travessuras que fariam na viagem a Linchester. Havia contas a acertar com algumas meninas da classe, sem mencionar um ou dois garotos que viviam irritando Simon e David. A noite na pousada não passaria sem incidentes. Seria uma longa noite.

Os dois meninos ficaram por um longo tempo nos degraus do quintal. Travessuras precisavam de bastante planejamento, principalmente para ninguém ser pego e ter que experimentar a ira da professora Melanie. Ela já era brava quando estava de bom humor, mas ficava insuportável quando estava mal-humorada.

Eles foram interrompidos pelo barulho da porta dos fundos se abrindo. Os meninos se viraram e viram o pai de Simon saindo da casa.

O Castelo dos Fantasmas

Em um piscar de olhos, David se levantou, pulou a cerca dos fundos e correu pelo beco que havia atrás das casas. Ao longe, ele ouviu a voz grossa e impaciente do senhor Langley.

– Aqui! Falta pintar essa parte! E essa outra aqui!

David sorriu e continuou a correr.

Capítulo 2

– O fundão do ônibus não sabe cantar! Não sabe cantar!

A batalha da cantoria vinha acontecendo nos últimos 50 quilômetros. De um jeito meio infantil, todos os meninos da classe tinham se separado das meninas e se juntado nos assentos da parte traseira do ônibus. As meninas tinham se aglomerado na parte da frente. Assim, o caos se instaurou: gritaria, provocações, brincadeiras. Em algum lugar no meio do ônibus, estava a professora Melanie, que de alguma forma tinha conseguido pegar no sono 20 minutos depois que o ônibus saiu da escola. Assim que ela foi flagrada dormindo profundamente, uma carga de bolinhas de papel foi lançada da parte de trás do ônibus, e as meninas se agacharam sob os assentos em busca de proteção. Mas as meninas estavam preparadas e contra-atacaram em segundos com sua artilharia, na forma de centenas de tipos de borrachas. Os meninos não acreditaram. Era como se as meninas

Hora do Espanto

tivessem juntado todas as borrachas da escola. Parecia que o violento contra-ataque duraria para sempre.

– Ai! Isso doeu! – David gritou, com a mão na bochecha que foi atingida por uma borracha quando ele se levantou para arremessar outra bolinha de papel.

Ao redor dele, os meninos estavam com a mão no pescoço, nas bochechas e na cabeça. David viu uma mancha vermelha surgindo na testa de Simon, onde ele também havia sido atingido.

Os meninos estavam prestes a devolverem as borrachas quando o motorista do ônibus apertou a buzina com tudo. Todos se viraram para a frente do ônibus. No enorme espelho retrovisor, o motorista os encarava com um olhar ameaçador e o punho erguido no ar. Ele conseguiu a reação que queria. Todas as crianças voltaram aos seus lugares. A professora Melanie continuava a dormir.

Eles estavam no meio da viagem quando a cantoria começou. Era Stevie Simpson, que achava que cantava muito bem. Quando ele terminou, Angela Muir cantou em nome das meninas uma música pop que estava nas paradas de sucesso. Pouco tempo depois, todos já tinham cantado um pouco. Bandas de meninos e de meninas se alternavam. Quando os sucessos recentes se esgotaram, as crianças resgataram

O Castelo dos Fantasmas

os sucessos antigos. Foi no meio dessa cantoria "da frente do ônibus e do fundão do ônibus" que a professora Melanie finalmente se manifestou.

– Silêncio! Silêncio! – ela tentou gritar por cima da barulheira. – Silêncio! SILÊNCIO! – ela gritou de novo com toda força.

Todos ficaram em silêncio. A professora se levantou e olhou em volta. O corredor estava cheio de bolinhas de papel e borrachas. Ela inspecionou a bagunça, com uma expressão de dor terrível no rosto e os olhos cheios de raiva. Ela ergueu o braço e apontou para os dois meninos sentados mais próximos dela.

– Vocês! Vocês dois! Fiquem de joelhos e limpem essa bagunça! Tudo! Até a última bolinha de papel! – a professora Melanie gritou, com a voz trêmula de raiva.

De algum lugar no fundo do ônibus, era possível ouvir uma risadinha abafada. A professora Melanie andou lentamente até lá, com os olhos fixos em um dos meninos que estavam no fundo do ônibus. David tentou não olhar para ela. Ele ficou olhando para o chão, mas de certa forma ainda podia sentir que o olhar dela o perfurava como lasers guiados pelo calor. A professora agora estava muito perto dele. Ele podia ver os sapatos engraxados e as meias dobradas dela.

Hora do Espanto

– Então, senhor Ashton... – ela disse, indo na direção de David. – Você acha que isso é engraçado? Então, vai passar o resto da viagem me fazendo companhia. Vamos, mexa-se. Sente-se ao meu lado – a professora Melanie puxou David para levantá-lo de seu assento e o empurrou pelo corredor. – Já que você é um comediante, vai me divertir até chegarmos a Linchester – ela continuou, empurrando David para o assento ao lado do dela.

David olhava pela janela, sem se atrever a encarar a professora, espremida ao lado dele. Ele já imaginava como seus amigos tirariam sarro dele por causa disso.

O resto da viagem foi menos agitado e menos barulhento. Logo, o ônibus saiu da via expressa e seguiu caminho pelas ruas movimentadas ao se aproximar do centro de Linchester. A professora Melanie já tinha dito que eles iriam diretamente para o castelo de Linchester e que passariam algumas horas lá antes de se instalarem na pousada nos arredores da cidade.

David olhou pela janela. O trânsito movimentado da cidade tinha reduzido a velocidade do ônibus. Os últimos quilômetros pareciam durar uma eternida-

O Castelo dos Fantasmas

de. O veículo parou em um cruzamento com semáforo. Depois de alguns minutos, o sinal voltou a ficar verde. O ônibus partiu lentamente.

– Veja, David, lá em cima – era a voz de Simon.

David se virou e viu o amigo no assento atrás dele, apontando pela janela. David colou o nariz na janela e olhou para o alto, à direita. Lá estava o famoso castelo à beira do penhasco, do jeito que ele se lembrava. O castelo parecia muito poderoso e imponente, invencível, impossível de se conquistar. David mal podia esperar para sair e subir até as muralhas. Dava para ver os canhões apontando para longe, sobre as ruas da cidade. Ele adoraria ter sido um soldado para ficar em cima de um desses canhões, com uma tocha acesa na mão, pronto para disparar contra o inimigo abaixo dele.

O ônibus virou à direita e seguiu pela estrada que levava ao castelo. David percebeu como as ruas estavam movimentadas. Eram muitas pessoas, usando aquelas pochetes horríveis que ele odiava. Todos pareciam ir em direção ao castelo. O pai de David havia dito que o lugar estaria cheio de turistas, e ele estava certo.

Finalmente, o ônibus parou numa grande praça na frente dos portões do castelo. Parecia haver vários

Hora do Espanto

outros ônibus estacionados lá. David notou que eles vinham de toda a Europa, por causa das frases escritas na traseira e nas laterais dos ônibus, confirmando que tinham viajado muito. Ele reconheceu as escritas em francês, por causa do trabalho de classe, e em alemão, porque tinha visitado um tio que morava em Munique. Havia outros idiomas que ele não reconheceu, cheios de letras e símbolos estranhos.

David e seus colegas logo pegaram suas coisas, desceram do ônibus e foram para a praça. David observou toda a extensão das muralhas do castelo. Na entrada, ele olhou para cima e viu um grande portão levadiço. Em frente ao portão, havia dois soldados altos de uniforme, com penachos na cabeça. Ao lado do corpo, eles seguravam rifles pretos e tinham longas baionetas afiadas presas ao cinto.

De repente, David sentiu um peso sobre os ombros e as costas.

– Então, como está o queridinho da professora? – Simon brincou enquanto pulava nas costas do amigo.

– Sai fora! Não enche – David retrucou, afastando Simon. – Olhe só este lugar. Imagine tentar invadir isto com algumas lanças e pedras – ele continuou, levantando a mão em direção ao castelo.

O Castelo dos Fantasmas

– Eu sei. Ele é enorme, não é? Acho que era impossível de invadir. Aposto que um monte de gente morreu exatamente onde estamos agora, tentando fazer isso – disse Simon, olhando para as muralhas e os canhões bem acima dele.

– Não vejo a hora de entrar e explorar um pouco. Deve ter muita coisa para ver. O castelo tem muita história – David acrescentou.

– Sem chance de explorar muito com a senhora "Olhos na nuca" por perto – Simon lamentou, apontando para a professora Melanie, que estava ocupada tentando contar os alunos.

– Não se preocupe com ela, Simon – David disse, sorrindo e colocando o braço no ombro do amigo. – Basta ficar perto de mim.

Os dois garotos se juntaram ao resto de seus colegas, que estavam sendo organizados pela professora Melanie.

– Duas filas individuais, por favor, meninos e meninas. Eu disse duas filas, David. Você está escutando? Susan, pare de falar e preste atenção. Ok, pessoal, fiquem juntos e me sigam. Não tenho tempo para ficar procurando crianças perdidas.

De alguma forma, a voz da professora Melanie sobressaía no meio do barulho da praça. Era como

Hora do Espanto

se todos naquela praça estivessem sob a responsabilidade dela e precisassem fazer fila.

A professora se virou e foi para o grande portão de entrada. As duas filas retas atrás dela a seguiram em perfeita ordem. No fundo, David e Simon caminhavam lentamente, olhando para cima, examinando cada pedra, cada pedaço de ferro, cada fenda ou janela, absorvendo a atmosfera do lugar.

Porém, eles não repararam na janela pequena no alto da torre principal. Se tivessem visto, teriam se sentido bem menos aventureiros. Olhando da janela, havia um rosto sombrio cheio de rugas, com pequenos olhos e dentes amarelados. O rosto olhava para o pátio embaixo da janela, diretamente para os dois garotos.

Enquanto eles passavam pelo portão do castelo, o rosto se afastou da janela, abrindo um sorriso de orelha a orelha e soltando uma gargalhada sinistra, que felizmente não podia ser ouvida da praça.

Os meninos não faziam ideia do perigo que estavam prestes a enfrentar...

Capítulo 3

– Vamos, pessoal, continuem andando – a professora Melanie gritou de novo.

A fila de crianças atrás dela já estava duas ou três vezes mais longa do que no começo do passeio. O guia, que tinha se juntado à turma, já havia contado algumas histórias sobre o castelo, sobre batalhas e cercos que tinham acontecido ali, e também sobre as matanças e assassinatos que tinham sido testemunhados dentro e ao redor do castelo.

Enquanto a professora Melanie, o guia e as crianças caminhavam por um dos muitos pátios internos do castelo, David se virou para Simon.

– Simon, ali – disse ele, apontando para a direita do pátio.

Escondido no canto do pátio, havia um pequeno portão bloqueando o caminho para uma escada que dava para o andar de baixo.

– E daí, o que é que tem? – Simon perguntou, mostrando uma expressão vazia.

Hora do Espanto

– Veja a placa, seu tonto. Hora de um pouco de aventura – David disse, esfregando as palmas das mãos, animado.

À direita do portão, havia uma plaquinha com uma seta apontando para as escadas. David leu em voz alta:

– Masmorras do Castelo.

– Sim, e bem embaixo está escrito "Entrada Proibida", tonto! – Simon acrescentou.

– Não vai deixar uma plaquinha idiota dessas parar você, não é, frangote? – David afirmou, empurrando o amigo.

David não esperou a resposta de Simon. Em um piscar de olhos, ele saiu correndo pelo pátio em direção ao portão e às escadas.

Simon olhou para as filas na frente dele. A professora Melanie, o guia e metade dos alunos já tinham desaparecido no caminho, e o resto das filas estava logo atrás de todos eles. Simon hesitou. Tinha se metido em muitos problemas naquele ano, a maioria por causa de David. Tinha prometido aos pais que se comportaria bem.

David tinha chegado ao portão e começou a acenar para o amigo, indicando que Simon deveria se juntar a ele.

O Castelo dos Fantasmas

Simon olhou mais uma vez e viu os últimos membros de sua classe desaparecendo à frente dele. Fechou os olhos e balançou a cabeça.

– Lá vamos nós outra vez! – ele sussurrou.

Em poucos segundos, Simon estava ao lado de David, no pequeno portão de ferro. O portão não era muito alto, chegava até a cintura deles. Estava trancado, com um cadeado pendurado.

– Se realmente quisessem manter as pessoas longe daqui, eles teriam feito um portão maior – David sugeriu, rindo ironicamente para o amigo.

Ele apoiou a mão em cima do portão e pulou, em um só movimento. Desceu correndo a escada. Mais uma vez, Simon hesitou. Respirou fundo, como se tentasse criar coragem, depois seguiu o exemplo de David, saltando por cima do portão. Na metade do caminho, a escadaria começou a formar uma espiral, levando para algum lugar bem abaixo do pátio. Quando Simon chegou ao final da escada, estava tudo escuro, exceto por um feixe de luz forte que passava pelo teto do porão. Simon imaginou que a luz vinha de uma fresta no chão do pátio, porque ele conseguia distinguir alguns barulhos da multidão acima dele. Mas os barulhos estavam tão abafados e distantes que parecia que ele estava em outro mundo.

Hora do Espanto

Simon apertou os olhos, tentando descobrir aonde David tinha ido, mas não conseguia ver nada. Começou a andar lentamente, esperando que seus olhos logo se acostumassem à escuridão. Depois de alguns passos, começou a perceber uma figura, em um canto à sua direita.

– David, pare com isso! Ch-ch-chega de brincadeira – Simon gaguejou, nervoso. – Vamos sair daqui.

A figura não se mexeu. Simon deu mais uns passos, seus olhos finalmente estavam começando a funcionar na penumbra cinzenta do porão frio. Ele logo percebeu que a figura na frente dele não era seu amigo. David não usava armaduras. Simon balançou a cabeça de novo e seguiu em frente, começando a se irritar com o amigo, que agora parecia ter tomado chá de sumiço.

Quando Simon passou pela armadura que ele tinha confundido com David, ele estava olhando para a frente, e não percebeu que o braço direito da armadura tinha começado a levantar sem fazer barulho. A mão estava segurando uma maça, que era uma espécie de bola de ferro com pontas afiadas sobressalentes, na ponta de uma longa corrente. Os olhos de Simon ainda estavam tentando encontrar um caminho na frente dele e não viram o braço de aço, que

O Castelo dos Fantasmas

continuava a se levantar. O braço parou logo acima do capacete, que não tinha abertura para os olhos. De repente, começou a cair para a frente. O silêncio do porão frio foi quebrado quando o som do metal rangendo perfurou a escuridão.

Simon deu meia-volta, com o coração na boca. A armadura tinha ganhado vida e estava indo em direção a ele. De alguma forma, Simon conseguiu se lançar contra a parede, desviando por pouco da maça, que passou tão perto de sua orelha que ele sentiu a rajada de vento entrando direto em seu tímpano. Não foi só a maça que passou raspando nele. A armadura inteira passou por ele e caiu fazendo um barulho bem alto, revelando a figura de seu amigo. David estava deitado de costas no chão, no meio de uma bagunça de peças de metal, olhando para Simon.

– Desculpe. Perdi o equilíbrio, cara – David riu, tentando se explicar.

Pelo olhar estampado no rosto de Simon, David percebeu que seu amigo não estava muito feliz. Simon sentia uma mistura de medo, raiva e alívio, enquanto observava David se levantar.

– David, você quase me matou de susto! Você é muito bobo às vezes – Simon balbuciou, tentando se conter para não agarrar David e apertar seu pescoço.

Hora do Espanto

– Você já tentou levantar uma bola de ferro de 15 quilos? Não é fácil – David afirmou, tentando se desculpar pela piada de mau gosto, enquanto se levantava. – Eu só queria levantar e sacudir a bola de ferro para assustar você, mas ela simplesmente me puxou para a frente, de tão pesada. Tome, tente – David continuou, inclinando-se para pegar a maça.

Simon olhou para o amigo, que estava se inclinando. A oportunidade era boa demais para ser perdida. Simon levantou a perna e deu um pontapé fortíssimo no traseiro de David, fazendo o amigo se estatelar de novo no chão, em meio à armadura desmantelada.

David soltou um gemido de dor e se deitou no chão, esfregando o traseiro dolorido.

– Ok, acho que eu merecia isso. Agora estamos quites – David gemeu, com o rosto contorcido de dor.

Simon estendeu a mão e ajudou o amigo a se levantar.

– Quites? Você merece muito mais do que um chute! Você quase jogou uma bola de ferro na minha cabeça! – Simon retrucou, com um sorriso surgindo no rosto.

Os dois começaram a rir. Toda a tensão que Simon sentia antes havia desaparecido completamente. O barulho das risadas ecoava por todo o porão.

O Castelo dos Fantasmas

– Xiu! Vamos acordar os mortos! – David disse entre as risadas.

– Vocês já acordaram! – resmungou uma voz misteriosa e aguda.

Os dois meninos pararam de rir e se entreolharam. Nenhum deles tinha falado aquilo. Eles se agarraram com força e lentamente se viraram para trás na direção de onde eles tinham vindo, e se depararam com uma coisa horrível. Sob o feixe de luz que vinha do pátio, havia uma pequena figura vestida de preto. Era uma mulher, com o rosto de uma cor verde que parecia podre, e que tinha penetrantes olhos amarelados que olhavam para eles. A pele dela era toda marcada, com uma grande verruga se projetando da ponta do queixo pontudo.

David e Simon não conseguiam acreditar no que estavam vendo. Eles tinham lido tantas histórias em quadrinhos de horror que não poderiam deixar de reconhecer uma bruxa quando vissem uma. Só faltava uma vassoura para a figura ser uma bruxa completa.

De repente, o porão foi preenchido com um tipo diferente de risada quando a bruxa levantou a cabeça e começou a liberar o ar de seus pulmões. O barulho era ensurdecedor e fez David e Simon tremerem de medo. Eles olhavam ao longo do corredor para

Hora do Espanto

a velha bruxa, que de repente começou a deslizar lentamente em direção a eles, sem esforço nenhum, como se estivesse andando sobre rodas silenciosas. Ela ergueu o braço esquerdo e estendeu um dedo torto na direção deles.

– Eu quero vocês dois! Esperei muito tempo para encontrar vocês – ela gritou, e o tom agudo de sua voz fazia a cabeça dos meninos doer.

Enquanto a bruxa flutuava na direção deles, David e Simon tentavam se mexer, mas as pernas deles pareciam geleia, recusando-se a seguir as instruções de seus cérebros. Por fim, o medo se tornou forte demais para que seus corpos ignorassem, e eles começaram a correr pelo corredor. Eles não tinham ido muito longe quando Simon enroscou o pé na corrente da maça que tinha caído da armadura e caiu no chão. Ele se virou de costas e encarou a visão horrível que vinha atrás dele. Ele tinha perdido as esperanças. De repente, uma mão agarrou seu colarinho e o colocou em pé.

– Depressa, vamos sair daqui! – David gritou, puxando o amigo.

Simon não precisou pensar duas vezes. Os dois meninos correram pelo corredor, mas, quando olharam para trás, viram que a bruxa continuava avan-

O Castelo dos Fantasmas

çando para cima deles, com o rosto parecendo mais horrível à medida que ela se aproximava.

– Lá embaixo! – David gritou, percebendo outro corredor à direita.

Os dois viraram no corredor, puxando e empurrando um ao outro.

– Vire à direita! – David gritou, assim que avistou outro corredor.

Eles derraparam depois da curva e pararam para recuperar o fôlego. Podiam ouvir o barulho das saias da bruxa se aproximando rapidamente, roçando no chão de pedra. Não tinham tempo a perder.

De repente, ouviram um leve sussurro.

– Rápido, aqui dentro. Depressa!

Contra uma parede, havia uma grande porta de aço. A porta estava entreaberta. David conseguiu distinguir um rosto na escuridão.

– Rápido! Entrem aqui, ela está vindo! – a porta se abriu ainda mais e quatro braços agarraram primeiro Simon e depois David, puxando-os para trás da porta de uma cela.

Dentro da cela, havia dois jovens apenas alguns anos mais velhos que Simon e David. Os dois estranhos fecharam a porta discretamente.

– Quem... Quem...? – Simon começou a falar.

Hora do Espanto

– Silêncio! – um dos estranhos sussurrou, levando o dedo à boca. – Ela está perto.

Depois, houve um silêncio. David tentou segurar a respiração, com medo de revelar o esconderijo com o barulho de seus suspiros. Ele olhou para Simon com os olhos cheios de medo. Os dois estranhos pareciam mais calmos, encostados na porta.

David se concentrou no barulho que vinha do corredor. Ele escutou a bruxa se aproximando, arrastando as saias e chegando cada vez mais perto. David fechou os olhos. Ela estava bem na frente da porta agora, mas não parou. David ouviu a bruxa caminhando pelo corredor, com os sons se tornando cada vez mais fracos, até que houve silêncio total. Ela tinha ido embora.

Aos poucos, David voltou a respirar de novo. Estava com o estômago agitado e a cabeça tonta. Ele se inclinou e se apoiou no ombro do amigo. Simon olhou para cima e tentou sorrir. Foi um sorriso doloroso, cheio de medo.

David se levantou e se virou para agradecer aos dois estranhos pela ajuda. Ele estava feliz porque eles não eram os únicos que tinham decidido se aventurar.

O Castelo dos Fantasmas

Os dois estranhos ainda estavam encostados na parede. Eles olhavam para os dois jovens amigos e estavam com um sorriso estranho. David não pôde deixar de notar a cor do rosto deles: verde. Exatamente a mesma cor do rosto da bruxa de quem tinham acabado de escapar...

Capítulo 4

A cela permaneceu em silêncio durante um tempo que parecia uma eternidade. David olhou para o amigo, e ficou claro que Simon também tinha notado a estranha coloração da pele dos dois estranhos. De alguma forma, a luz fraca parecia realçar a cor da pele deles, que quase brilhava. David tentou descobrir se aquela situação poderia ficar pior, pois ele tinha a forte sensação de que ainda corria perigo.

David tentou manter a calma. Ele percebeu que os dois estranhos na frente dele não eram alunos em excursão nem turistas. Não tinham se afastado dos colegas de classe por um pouco de aventura. David estudou a aparência deles. Se eles usavam algum uniforme escolar, era de um tipo muito estranho. Eles estavam usando calças justas que iam até o joelho, como aquelas calças curtas que as meninas da classe usavam. Na parte de cima, usavam camisas cobertas por coletes finos e desajeitados. Os dois

Hora do Espanto

usavam pequenas boinas. Calçavam botas grandes, que ficavam abertas, sem cadarços. Por alguma razão, a imagem do limpador de chaminés de *Mary Poppins* passou pela cabeça de David.

David olhou ao redor, tentando encontrar sua próxima rota de fuga. A cela não tinha janelas, havia apenas alguns feixes de luz entrando através de algumas rachaduras em um canto do teto. As paredes pareciam ser feitas de pedra. A única maneira de entrar ou sair dali era através da grande porta de madeira por onde eles tinham entrado. No alto e no meio dela, havia um pequeno pedaço de pau com um painel deslizante que fechava como tranca. Eles estavam numa masmorra, e estavam presos.

Então, o mais alto dos dois estranhos finalmente quebrou o silêncio.

– Sei o que vocês estão pensando. Mas não precisam ter medo. Meu nome é William, e este é meu irmão, Edward – ele disse, mostrando um sorriso mais acolhedor.

David se sentiu um pouco mais tranquilo com o som dessa voz. Parecia normal. Ele tinha ficado horrorizado com os guinchos e gritos da bruxa.

William deu um passo para a frente, e um feixe fino de luz acertou seu rosto em cheio. Ele deu um

O Castelo dos Fantasmas

passo para trás, protegendo-se. David começou a se sentir perturbado de novo.

William recuperou a compostura e continuou:

– Droga de luz! – ele olhou para os dois garotos.

– Sim, nós somos fantasmas. Não conseguimos esse visual com tinta facial, né, Edward? – William riu, batendo forte nas costas de seu companheiro fantasma.

Os dois garotos voltaram a ficar nervosos quando ouviram a palavra "fantasmas".

– Não se preocupem – William prosseguiu. – Existem fantasmas bons e maus e, felizmente para vocês, somos fantasmas bons. Não vamos machucar vocês. A velha Jezebel pode ser muito malvada. Sorte a sua que estávamos por perto para salvá-los, senão vocês estariam em algum caldeirão agora.

William se aproximou e levantou David, que estava no chão desde o momento em que tinha entrado na cela. Edward fez o mesmo com Simon.

– Mas eu posso tocar vocês! Vocês nos jogaram aqui! Eu consegui sentir a mão de vocês – David falou sem pensar, bem confuso.

– Foram anos de prática, mas uma hora a gente pega o jeito. Apenas fantasmas novos são intocáveis. Depois de uns 100 anos, a coisa começa a ficar interessante – William respondeu, agarrando com força

Hora do Espanto

a mão de David, como se quisesse provar o que dizia. – Escutem, rapazes, vamos explicar tudo. Temos muita coisa para contar, e temos uma proposta interessante para vocês.

– Pro-pro-proposta? – Simon gaguejou, falando com os fantasmas pela primeira vez.

– Mais tarde. Vamos sair daqui. Este é o lugar onde a Jezebel gosta de ficar, vocês não querem encontrar com ela de novo, não é? – William disse, abrindo a porta devagar, verificando o corredor e encaminhando o grupo para fora da cela.

Edward mostrou o caminho. Eles andaram por muito tempo ao longo de vários corredores escuros e sinuosos. Por fim, chegaram a uma parede de pedra. O corredor não tinha saída, pelo menos era o que parecia. Edward esticou o braço e empurrou a parede com força. Uma parte da parede se moveu para a frente, permitindo que o grupo passasse através dela. William empurrou a parede de volta. Do outro lado, havia uma escada em espiral. David tentou contar os degraus enquanto eles subiam, mas desistiu no 85.

Finalmente, o grupo chegou ao topo das escadas. Na frente deles, surgiu outra grande porta de madeira. Edward empurrou a porta, e todos entraram

O Castelo dos Fantasmas

no quarto. Era redondo, com a mobília mais básica: duas camas e uma mesinha com uma vela em cima. Em um dos cantos, havia uma pequena abertura na parede. David foi até lá. Era alta demais para que ele visse o lado de fora.

Ele ficou na ponta dos pés e tentou espiar. Eles estavam no topo das muralhas do castelo. David se esticou para olhar à esquerda. Conseguiu apenas ver o canto do pátio onde ele tinha se reunido com os colegas de classe. Viu também o pequeno portão que ele e Simon tinham pulado.

– Sim, nós vimos vocês daqui – disse William, ao lado de David, mas ainda permanecendo nas sombras, escondido da luz. – Sabíamos que Jezebel iria atrás de vocês, então pensamos que seria melhor irmos até lá para ajudar.

– Mas quem são vocês? O que estão fazendo aqui? – Simon perguntou, caminhando até William, um pouco mais confiante.

– Sentem-se ali, vamos contar toda a história – William respondeu, apontando para as camas.

Os dois amigos se sentaram um ao lado do outro em uma das camas. William se sentou na outra cama, de frente para eles. Edward permaneceu de pé, encostado na parede ao lado da porta.

Hora do Espanto

William começou sua história. Ele e Edward tinham sido mortos quando eram adolescentes. Eles foram pegos roubando e foram condenados à morte pelo crime. Foram enforcados no pátio do castelo, no meio do inverno de 1642, dois anos depois da execução do rei Carlos I.

Suas almas ficaram presas no castelo, e eles estavam destinados a passar o resto da eternidade entre aquelas muralhas. Já fazia mais de 350 anos que eles perambulavam por aqueles corredores e quartos.

– Mas isso deve ser terrível! – exclamou Simon, começando a sentir pena do fantasma sentado diante dele.

– Sim, terrível, além de ser muito chato também – William concordou com a cabeça. – Estamos presos aqui. Não podemos atravessar as muralhas do castelo. A única diversão que temos é fingir que somos horríveis fantasmas do mal e assustar uns velhotes tontos que visitam este lugar todos os dias. À noite é melhor, já que podemos sair para aterrorizar os soldados que moram aqui.

– É, parece divertido mesmo. Bem que eu gostaria de ver a cara da professora Melanie ao encontrar vocês dois num corredor escuro. A cara dela também

O Castelo dos Fantasmas

ficaria verde – disse Simon, imaginando a professora correndo para se salvar.

– Pena que, depois de 350 anos, a coisa pode ficar um pouco entediante – William continuou. – Isso me leva à nossa proposta.

David olhou para Simon e depois de volta para William.

– Que tipo de proposta? – David perguntou.

– Uma troca! – William exclamou, esfregando as mãos e pulando da cama. – O Edward e eu precisamos de uma folga de tudo isso, e gostaríamos de trocar de lugar com vocês! Só por um dia. Pensem nisso.

– Trocar! Você está brincando? – David engasgou.

– Como podemos trocar? É impossível! – Simon acrescentou, perplexo.

– Acalmem-se, rapazes. Isso não é tão bobo nem tão impossível quanto parece. Deem uma olhada no Edward – William interrompeu, apontando na direção de seu companheiro fantasma.

Os dois garotos se viraram para ver Edward, que estava encostado na parede em silêncio enquanto os outros conversavam. David imediatamente percebeu que o rosto de Edward estava mudando de cor; o verde estava desaparecendo. Lentamente, a pele

Hora do Espanto

do fantasma foi assumindo um tom pálido mais normal. Os meninos continuaram a olhar e, de repente, Simon pulou da cama e deixou escapar um suspiro chocado. Ele não conseguia acreditar. A aparência de fantasma de Edward tinha mudado completamente. Ele tinha se transformado na imagem exata de Simon: os olhos, o nariz, o cabelo e até as orelhas de abano dele!

David olhou para William. Mas o fantasma não era mais William. David estava vendo a si mesmo! A aparência de William também tinha sido transformada. Mas os fantasmas voltaram para sua aparência normal logo depois de terem se transformado.

– Vejam o que é possível fazer depois de 350 anos trancado aqui! – William brincou.

– Ma-mas... Isso é incrível! Como vocês conseguem fazer isso? – David perguntou, confuso e um pouco perturbado.

– São as vantagens do negócio, garoto. Então, o que me dizem? Isso só funciona se vocês concordarem. Vocês ficam aqui por uma noite e experimentam como é ser um fantasma, e nós ganhamos uma noite de liberdade, a nossa primeira noite livre em 350 anos. Esperamos tanto tempo por isso. Com certeza vocês não nos negariam essa oportunidade!

O Castelo dos Fantasmas

– William continuou, olhando diretamente para David e, em seguida, para Simon.

David e Simon começavam a sentir pena de seus dois novos amigos. A ideia de experimentar a vida de fantasma por uma noite no castelo de Linchester também era atraente para os dois aventureiros.

– Mas, se trocarmos com vocês, como saberemos que vocês vão voltar? – Simon perguntou, percebendo o perigo da proposta. – Nós poderíamos ficar presos aqui para sempre!

– Isso só funciona por 24 horas – respondeu William, consciente do interesse dos meninos. – Só conseguimos ficar com a aparência de vocês durante esse período. É muito cansativo. Depois de 24 horas, não suportamos mais a luz do dia, e temos que voltar para o castelo. Olhem, vocês também vão conseguir fazer isso.

William levantou os braços e, lentamente, seus pés começaram a sair do chão. Em pouco tempo, sua cabeça estava quase tocando o teto do quarto. Em seguida, ele flutuou suavemente de volta para o chão.

– Que demaaais! Vocês também conseguem atravessar paredes? – perguntou David, ficando animado.

– Não acreditem em tudo o que ouvem sobre fantasmas – respondeu William.

Hora do Espanto

David virou-se para Simon.

– Bem, eu topo, se você também topar – ele disse, desafiando o amigo.

O aviso dos pais de Simon para ele não se meter em encrenca nem passava mais pela cabeça do garoto. Ele sorriu para o amigo.

– Vamos nessa. Aposto que vou ser mais assustador do que você! – ele gritou, fazendo a cara mais assustadora que conseguia.

David e Simon estavam tão ocupados fazendo caretas que não notaram que William e Edward trocaram olhares e seus sorrisos amigáveis foram substituídos pelos sorrisos maliciosos de antes.

Capítulo 5

David não sabia muito bem como ou quando isso tinha acontecido. Eles tinham feito um círculo, de mãos dadas uns com os outros. William havia dito a eles para fecharem os olhos e se concentrarem. Em um momento, David estava com suas próprias roupas, e no momento seguinte, estava com as roupas de William. Com Simon, foi a mesma coisa: suas roupas foram substituídas pelas de Edward.

Os quatro não tinham trocado só de roupa. David podia sentir que todo o seu corpo tinha sido transformado. Ele não precisava de espelho para confirmar o que tinha acontecido, e estava até feliz de não ver o próprio reflexo. Ver a imagem de William, todo verde, olhando de volta podia ser um pouco demais para David. Seu amigo Simon estava no mesmo barco. Os dois garotos olharam para o outro lado do quarto e viram as imagens de si mesmos. Era o tipo de situação que os cientistas chamariam de "experiência extracorpórea".

Hora do Espanto

– Isso é estranho, David. Não tenho muita certeza disso – Simon sussurrou para o amigo.

– Agora é tarde demais. O que está feito está feito! – lembrou David, ou melhor, William, que estava com a aparência de David.

Embora os dois fantasmas tivessem assumido a aparência dos dois amigos, havia algo diferente neles, como se alguma coisa estivesse faltando. Seus olhos pareciam distantes, como se não tivessem vida. Isso dava a eles uma aparência um pouco misteriosa. Algumas pessoas até diriam que eles estavam com uma aparência maligna.

– Então, a gente se encontra aqui mesmo amanhã exatamente ao meio-dia, certo? – disse David, buscando confirmar o acordo feito minutos antes.

– Claro. Não se preocupe. Podem contar com a gente – respondeu William. – Ao meio-dia em ponto, estaremos aqui. Agora, lembrem-se: vocês precisam ficar longe da luz. Vocês poderão se divertir de verdade depois que escurecer. Até lá, andem só pelos corredores escuros da parte antiga do castelo, ou perto do porão e das masmorras. Se toparem com a Jezebel, não entrem em pânico. Ela não poderá machucar vocês enquanto vocês estiverem no nosso corpo. Mesmo assim, é melhor vocês ficarem

O Castelo dos Fantasmas

longe dela. Ela só vai encher a cabeça de vocês com besteiras.

Os dois fantasmas transformados começaram a sair do quarto.

– Ok então! Meio-dia, certo? – David gritou para eles.

A porta da torre se fechou bruscamente e o barulho ecoou pelo quarto. Em seguida, houve silêncio. David e Simon olharam para a porta fechada, e o mesmo pensamento passou em suas cabeças ao mesmo tempo. Ambos correram para a porta, com medo de estarem presos. Simon chegou perto da maçaneta primeiro. Antes de puxar, ele olhou para David.

– O que fizemos desta vez, David? – ele perguntou, procurando alguma tranquilidade no amigo, agora de aparência estranha.

David não respondeu. Em vez disso, olhou na direção da porta.

Simon puxou a maçaneta. A porta se abriu devagar e silenciosamente.

– Viu? Não precisamos nos preocupar, cara. Nossa, nós vamos nos divertir muito. Espere até a gente contar para o pessoal o que estamos fazendo! – exclamou David, deixando o nervosismo de lado.

Hora do Espanto

– E agora? O que vamos fazer? – Simon perguntou, começando a relaxar.

– É hora de algumas aventuras. Tenho que acertar as contas com aquela bruxa. Ela me assustou demais – respondeu David, colocando o braço no ombro do amigo.

Os dois fantasmas recém-transformados começaram a descer as escadas rumo à próxima parte da aventura.

No pátio, William e Edward viram os colegas de David e Simon voltando da visita a um dos museus militares do castelo. A professora Melanie estava entretida numa conversa com o guia da excursão. Atrás dela, havia uma longa fila de alunos em vários pares e trios.

William e Edward esperavam na sombra da entrada da masmorra enquanto a fila passava por eles. Então, eles atravessaram o jardim correndo e entraram no fim da fila, sem serem notados. Ou, pelo menos, era isso que eles pensavam.

– Muito bem, senhores David e Simon. Aonde é que vocês dois foram? – a professora gritou do início da fila.

Todos pararam e se viraram. Todos os olhos se voltaram para os garotos que eles achavam que eram David e Simon.

O Castelo dos Fantasmas

– Lugar nenhum, professora. A gente se perdeu. Ficamos aqui esperando vocês voltarem! De verdade! – William respondeu, com a voz exatamente igual à de David quando ele alegava inocência absoluta por algo que normalmente era culpa dele.

– Hummm! Acho que você não entende muito bem o significado da palavra "verdade", David Ashton. Venha aqui onde posso ficar de olho em você. E você também, Simon Langley. Rápido! O ônibus está esperando – a professora ordenou, mandando os dois irem para o começo da fila.

Conforme os dois amigos se aproximavam do começo da fila, a professora franzia a testa, com a intenção de mostrar a sua pior careta. Ela começou a olhar fixo para eles e logo percebeu que estava se sentindo estranha. O corpo da professora ficou gelado. Ela começou a ficar apavorada. Suas pernas enfraqueceram, e de repente ela caiu no chão. A próxima coisa que ela viu foi o rosto do guia olhando assustado para ela, balançando a mão para frente e para trás, tentando abaná-la.

Ela tinha desmaiado e estava deitada. Depois de recuperar as forças e se levantar, ela olhou para os dois rapazes atrás dela. Desta vez, ela logo desviou o olhar. Ela não se sentia bem. Nem um pouco.

Hora do Espanto

– Rápido, pessoal, o motorista está esperando – ela tentou gritar, com a voz trêmula, lutando para se recompor.

A viagem de ônibus para a pousada não demorou muito. Esse percurso de mais ou menos 20 minutos passou sem acontecimentos relevantes. A única coisa estranha foi a falta de qualquer atividade por parte dos habituais reis do caos, David e Simon. Apesar dos constantes olhares disfarçados das meninas, os dois rapazes se sentaram em silêncio, sem falar com ninguém. A professora Melanie percebeu a mudança no comportamento deles.

A pousada era um antigo acampamento militar nos arredores de Linchester, que reunia algumas cabanas de madeira, onde os soldados dormiam. Em um lado do terreno, havia um grande prédio de tijolos onde ficava a administração da pousada. Os meninos foram levados para uma das cabanas, e as meninas, para a cabana ao lado.

– Ok, pessoal, escolham uma cama, deixem as malas aí e sigam para o bloco central. Vocês vão encontrar várias salas de jogos lá. O jantar é às seis e meia da tarde. Se vocês se atrasarem, vão passar fome – disse a professora a todos os alunos.

O Castelo dos Fantasmas

Em segundos, as cabanas estavam desertas, pois todos estavam ansiosos para explorar a pousada e descobrir o que ela tinha para oferecer. No bloco central, os meninos logo encontraram uma sala com duas mesas de pingue-pongue. Na sala ao lado, havia meia dúzia de fliperamas. O lugar logo estava tomado por vários sons eletrônicos. As meninas tinham encontrado uma sala com um rádio, e agora a música da Britney Spears competia com os sons eletrônicos da sala ao lado.

Exatamente às seis e meia da tarde, uma campainha soou alto, anunciando a hora do jantar. Todos estavam com fome, então logo seguiram para o refeitório. A professora Melanie estava parada no meio do refeitório.

– Comportem-se, pessoal – ela ordenou –, e não quero ver nenhuma, eu disse nenhuma, guerra de comida!

O refeitório tinha várias mesas grandes, cada uma para até 12 pessoas. Em todas as mesas, havia vários tipos de alimentos. William se sentou ao lado de Edward. Os dois tinham discretamente avaliado a nova condição em que se encontravam e estavam pensando na melhor forma de aproveitarem a liberdade. Stevie Johnson estava sentado em frente a eles.

Hora do Espanto

William se inclinou na direção de Stevie.

– O que é guerra de comida? – ele perguntou.

Stevie olhou para o colega de escola, confuso, e respondeu:

– Essa foi boa, David! Da última vez que eu participei de uma guerra de comida com você, o meu jantar foi parar na cara da Susie Henderson e eu levei a culpa. Não lembra?

William estava começando a entender. Quando ele era vivo, a comida era tão escassa que ninguém tinha coragem de desperdiçar nada. Mas, naquele momento, ao redor deles havia muitas variedades de comida, e William não conseguia reconhecer quase nenhuma. Ele tinha visto muitos tipos de alimentos no castelo, quando ele e Edward assombravam o quartel. Mas, depois que viraram fantasmas, eles nunca tinham comido nada. Desta vez, porém, era diferente.

Os dois fugitivos do castelo agarraram tudo o que podiam: tortas, batatas fritas, batatas assadas, cenouras, pãezinhos, tudo, até um bolo com um aspecto não muito agradável que ninguém mais queria. Os dois meninos comeram como se aquela fosse a última refeição de suas vidas. Colocavam a comida na boca tão rápido que suas bochechas inchavam como se eles fossem hamsters. Eles ignoraram os talheres e

O Castelo dos Fantasmas

simplesmente empurraram tudo para dentro com as mãos.

– David! Simon! O que está acontecendo com vocês dois? Onde estão as boas maneiras? – repreendeu a professora Melanie, enquanto vigiava as mesas.

William olhou para a professora, que estava a uns 2 ou 3 metros de distância, do outro lado da mesa. Sua boca estava tão cheia que até caía um pouco de comida em volta dos lábios e do queixo. Ele parecia um bebê de 6 meses de idade depois de comer. Tentou dizer algo, mas só conseguiu cuspir comida em todas as direções, sujando todas as pessoas sentadas ao lado dele com migalhas babadas.

– David, por favor, comporte-se! – a professora Melanie continuou, balançando a cabeça, com nojo.

William não disse nada naquele momento. Olhou para a mão; estava com um grande pedaço de bolo que ele estava prestes a enfiar na boca. Então, ele teve uma ideia melhor! No mesmo instante, o bolo saiu voando pela mesa, por cima da cabeça dos colegas que estavam ao lado de William, e foi parar bem no rosto da professora Melanie.

A sala ficou em silêncio. A professora levou a mão ao rosto e tirou os restos de bolo dos olhos, que ficaram com um brilho mais assustador que o de

Hora do Espanto

costume. Seus lábios começaram a tremer. Ela estava prestes a lançar um ataque verbal em William quando um bocado de purê de batata voou direto para sua boca, fazendo-a engasgar. Dessa vez, tinha sido Edward. Ele seguiu os passos do irmão.

O resto da turma não podia acreditar naquilo. Alguém começou a rir, e depois outro aluno e mais outro, e em poucos segundos toda a sala estava tomada pelo barulho da risada dos alunos.

William e Edward aproveitaram o barulho e começaram a pegar enormes punhados de comida para bombardear a pobre professora por todos os ângulos. Em poucos segundos, ela estava encolhida no chão, coberta da cabeça aos pés com vários tipos de comida.

Os dois garotos pularam para cima da mesa, enchendo as mãos com mais comida, quando finalmente o gerente da pousada, senhor Dunn, entrou feito um furacão pela porta do refeitório.

– Mas o que...? Vocês dois, desçam já daí! – ele gritou, caminhando até a professora Melanie e ajudando-a a se levantar. – Isto é um absurdo. Nunca vi nada parecido.

O refeitório ficou em silêncio de novo, e William e Edward voltaram a seus lugares. A professora fez o melhor que pôde para limpar a sujeira do rosto e

O Castelo dos Fantasmas

das roupas. O rosto dela estava pálido de raiva e de choque.

– Obrigada, senhor Dunn, eu estou bem – ela declarou, com a voz trêmula.

Ela se arrumou e se virou para o outro lado da mesa, onde William e Edward estavam sentados.

– David, Simon, dessa vez vocês foram longe demais! Vão passar o resto da noite no dormitório. Vocês já se divertiram bastante por uma noite. Quando vocês voltarem para casa amanhã, vou falar com seus pais. Isso ainda não acabou, vocês vão ver só. Agora, saiam da minha frente! Já! – a voz dela ecoou pelo refeitório.

Todos os olhos estavam voltados para os dois garotos, que olharam para a professora, que estava com o braço estendido apontando para a porta do refeitório. Eles empurraram as cadeiras para trás e se levantaram. William tentou segurar a risada, mas não conseguiu. Edward viu o sorriso no rosto do irmão. Quando Edward e William saíram da sala rindo, a cabeça da professora estava prestes a explodir. Sua palidez foi substituída por uma vermelhidão de raiva. Em todos os seus anos como professora, ela nunca tinha se sentido tão humilhada e chocada. Ela queria fazer os dois bagunceiros pagarem por isso.

Capítulo 6

David e Simon caminhavam pela masmorra. Estava escura e úmida como antes, mas de alguma forma todo o lugar parecia bem menos assustador.

– Parece que você veio do passado – David brincou com Simon, que estava alguns passos na frente dele.

– Eu vim do passado mesmo, lembra? Seu tonto! – Simon respondeu, sem se preocupar em olhar para David, mas ajeitando o colete, na tentativa inútil de parecer mais respeitável.

– Para onde estamos indo então, espertalhão? – David continuou, ainda imaginando Simon como o limpador de chaminés de *Mary Poppins*.

– Não sei! Vamos ter que ficar andando por aqui até escurecer, eu acho – Simon respondeu, dando de ombros.

Por algum tempo, os dois meninos se arrastaram pelos corredores subterrâneos, tentando se convencer de que aquilo era realmente divertido e de que

Hora do Espanto

eles estavam numa grande aventura. Os corredores pareciam infinitos.

Eles estavam aprendendo a flutuar sobre o chão. Não era tão fácil quanto parecia. Eles já tinham batido e esbarrado no teto e nas paredes para comprovar o quanto era complicado. Depois de um tempo, no entanto, ambos pareciam ter pegado o jeito. Mas aquilo era muito cansativo, e os dois preferiram caminhar até aparecer alguém para eles assustarem.

Por fim, eles passaram por um corredor que parecia familiar.

– Ei, Simon, já não passamos por aqui antes? – disse David, apontando para uma porta à direita, poucos passos à frente de Simon. – Veja, não é a cela em que ficamos quando nos escondemos daquela bruxa horrorosa?

Simon resmungou e acenou concordando. A porta estava fechada. Simon se aproximou. Apoiou a mão contra a porta e empurrou. Ela não se moveu. David também chegou perto e tentou. Mesmo assim a porta ainda não se mexeu.

– Engraçado. Não estava trancada antes – Simon murmurou.

– É a mesma cela, tenho certeza. Foi aqui que entramos para escapar da Jezebel – David confirmou.

O Castelo dos Fantasmas

David estendeu a mão e tentou deslizar o visor da porta para o lado. Estava muito enferrujado e duro, mas depois de alguns segundos, começou a deslizar. David ficou na ponta dos pés e apoiou o rosto na porta, espiando com o olho direito pelo buraco.

Estava tudo escuro. Ele não conseguia ver nada. Então, de repente, um grande olho amarelo apareceu na frente do buraco. Ao mesmo tempo, o corredor foi tomado por uma risada aguda familiar.

David cambaleou para trás. Antes que ele tivesse a chance de se recuperar, a porta se abriu, e Jezebel, a velha bruxa, apareceu, agitando as mãos na tentativa de agarrar David, que estava caído no chão.

Simon reagiu rapidamente. Ele correu para a frente e, com as duas mãos, empurrou a bruxa, que caiu no chão.

David se levantou, e os dois garotos começaram a fugir.

Quando eles estavam prestes a virar no corredor, Simon parou de repente. David diminuiu a velocidade, acenando para o amigo se apressar.

– Espere, David. Somos fantasmas agora, lembra? Ela não pode nos machucar. O William disse isso – falou Simon com calma, lembrando-se do conselho que os fantasmas haviam dado para eles.

Hora do Espanto

David olhou por trás do amigo, temendo que a bruxa aparecesse a qualquer momento.

– Mesmo assim, prefiro não ficar por perto. Vamos embora, venha – ele insistiu.

– Ah, David, onde está seu senso de aventura? Quantas bruxas você conheceu em Newtown-on-Sea? – Simon revidou.

– Estamos numa classe cheia de bruxas, lembra? – brincou David, com um sorriso disfarçado.

Esse sorriso desapareceu quando ele viu a saia preta de Jezebel aparecer atrás de Simon, fazendo um barulho ao roçar o chão, anunciando a chegada da bruxa. Desta vez, os dois meninos ficaram parados, com as pernas paralisadas de medo.

– Pois bem, meninos. Finalmente nos encontramos – a bruxa começou a falar.

Ela olhou fixamente para eles, andando ao redor de Simon primeiro. Depois, fez o mesmo com David. Ela estudou a aparência dos dois da cabeça aos pés.

– Tarde demais, pelo que vejo, tarde demais – ela murmurou, sacudindo a cabeça.

Os dois amigos se entreolharam, confusos.

– O que você quer dizer com "tarde demais", sua bruxa velha? Não temos medo de você. Do que você está falando? – Simon perguntou, tentando manter a compostura.

O Castelo dos Fantasmas

– Vejo que vocês conheceram os meus velhos amigos, William e Edward – Jezebel continuou, ignorando a pergunta de Simon.

– E daí? O que isso tem a ver com você? – Simon retrucou.

– Tentei avisá-los, mas vocês fugiram. Por que ninguém me escuta? – Jezebel disse, ainda ignorando a pergunta de Simon. – Não tem problema. Daqui a uns 100 anos mais ou menos, a gente vai começar a se dar bem e vocês vão gostar de mim – ela continuou, colocando a mão podre no ombro de David.

– Tire a mão de mim! Do que você está falando? Cem anos! Amanhã estaremos bem longe daqui – David exclamou, sacudindo-se para se livrar da mão de Jezebel.

Jezebel abriu um sorriso malicioso de quem sabe das coisas. Ela balançou a cabeça de novo.

– Quer dizer então que eles prometeram voltar? – ela perguntou, sem esperar por uma resposta. – Seus idiotas! Vocês voltariam depois de terem passado 200 anos aqui? Vocês vão precisar de sorte!

Com isso, a bruxa deu meia-volta e desapareceu em um corredor, e o som de sua risada ecoou pela masmorra.

Hora do Espanto

Simon correu atrás dela. Ele foi até o corredor. Nada. Estava vazio. Ela tinha desaparecido.

David caminhou na direção do amigo.

– E agora, o que você acha disso? – ele perguntou.

– Ela é apenas uma bruxa idiota, tentando nos assustar. William disse que ela tentaria encher a nossa cabeça com besteiras. Esqueça. Vamos, já está quase escuro. Nós temos muita coisa de fantasma para fazer – Simon respondeu, sem se importar com Jezebel.

As palavras da bruxa não tinham abalado Simon. Ele se virou e caminhou pelo longo corredor da masmorra. David olhou para o corredor na direção em que a bruxa tinha ido. Ele não tinha tanta certeza. Então, sorriu. Simon provavelmente estava certo. Tinham acabado de ver uma bruxa pela primeira vez na vida.

"Essa é uma aventura de verdade" – David pensou.

Então, ele se virou e correu atrás do amigo. Encontrou Simon assim que chegou ao final da escadaria que levava para baixo do pátio.

Simon olhou para David com o dedo indicador pressionado contra os lábios, pedindo silêncio, e empurrou o amigo até a parede. Simon apontou para a escada. Alguém estava descendo. David olhou para

O Castelo dos Fantasmas

cima. O barulho dos passos ficava cada vez mais alto. Então, alguém disse:

– Vamos, Bobby. Só uma olhadinha. Ela nem vai sentir a nossa falta!

David conseguiu distinguir a figura de dois meninos que estavam a caminho da masmorra.

– São dois aventureiros como nós. Vamos fazer o dia deles valer a pena – David sussurrou para Simon.

Eles pressionaram as costas contra a parede do corredor.

Os dois meninos aventureiros continuaram a descer a escada até chegarem ao andar da masmorra. Os olhos deles ainda estavam se acostumando à escuridão, e eles se esforçavam para enxergar. Caminhavam devagar para a frente.

David olhou para Simon e fez um sinal com a cabeça. Eles pularam na frente dos dois novos visitantes e começaram a fazer a melhor voz de fantasma que conseguiram. Os pés deles saíram do chão, e eles flutuavam sobre os dois meninos.

Simon e David conseguiram o efeito desejado. Os dois recém-chegados viraram e subiram as escadas muito mais rápido do que tinham descido. Logo, o som de gritos foi substituído pelas gargalhadas de Simon e David.

Hora do Espanto

– Esse negócio de fantasma é divertido – David riu.

– Com certeza. Vamos encontrar mais algumas vítimas. Só temos uma noite. Vamos aproveitar – sugeriu Simon, começando a subir a escada.

David o seguiu. No final do corredor, atrás deles, dois olhos amarelados olhavam na escuridão. A velha Jezebel sorriu e sussurrou:

– Uma noite? Uma noite sem fim, meus jovens amigos!

Capítulo 7

De volta à pousada, William e Edward continuavam a enlouquecer a professora Melanie. Eles tinham voltado ao dormitório depois de aproveitarem muito bem o dia. No edifício da administração, os dois haviam pregado todo o tipo de peça nos outros. Eles tinham encontrado centenas de aranhas no chão, bem do lado de fora das cabanas. Recolheram várias aranhas e as espalharam pelo dormitório das meninas, colocando uma em cada cama. Colocaram um balde cheio de água sobre a porta do banheiro de cada dormitório. Pegaram várias minhocas e colocaram nos travesseiros dos meninos.

Em poucos minutos, todos voltaram do edifício principal e os dois dormitórios ficaram um caos. Foi uma confusão tremenda. Meninas e meninos gritavam e corriam feito loucos, e a professora Melanie ficou ensopada no dormitório das meninas. Ela tinha ido ao banheiro para acender as luzes. Mas, quando ela entrou, o balde que estava em cima da porta

Hora do Espanto

caiu bem em cima da cabeça dela, deixando-a toda molhada. As meninas nem tiveram tempo de rir da professora encharcada. Assim que o balde caiu, as primeiras aranhas começaram a sair de baixo dos cobertores, deixando as meninas histéricas.

No dormitório dos meninos, minhocas eram lançadas de um lado para o outro do quarto. Os meninos mais corajosos queriam pegar o máximo possível de minhocas para colocá-las na cabeça dos menos corajosos. William e Edward estavam do lado de fora dos dormitórios, rindo, ouvindo e admirando as cenas caóticas. A professora demorou cerca de meia hora para conseguir acalmar as meninas e tirar as aranhas do dormitório, e mais 20 minutos para controlar os meninos.

Não foi difícil para ela descobrir de quem era a culpa. Ela já sabia que David e Simon às vezes eram difíceis, mas nunca tinha visto um comportamento assim, vindo da parte deles. Para falar a verdade, ela nunca tinha visto um aluno fazer algo assim. O que eles fizeram no jantar já tinha sido muito ruim, mas aquilo garantiria a eles uma reunião com os pais e talvez até uma expulsão da escola. Eram fatos muito graves.

Depois que os meninos se acalmaram, a professora partiu em busca dos dois culpados.

O Castelo dos Fantasmas

– Ok, vocês dois, agora vocês passaram dos limites. Onde estão? Venham aqui! Vocês não vão conseguir se esconder a noite inteira – ela gritou, brava, com as mãos na cintura enquanto examinava o quarto.

William e Edward caminharam até o dormitório, abriram a porta e ficaram ali na passagem, sorrindo orgulhosos.

A professora Melanie olhou para eles.

– Vocês não vão sorrir amanhã, quando voltarmos. Mas o que deu em vocês? – ela retrucou.

A professora olhou para eles com raiva. Seus olhos encontraram os de William. Mais uma vez, o olhar frio e perturbador dele a deixou desconcertada. Ela desviou o olhar, virou as costas para os dois meninos e continuou falando com os outros:

– Todos para a cama! Já! Não quero ouvir mais nem um pio a partir de agora. Ninguém sai do quarto até eu voltar de manhã. Entenderam? ENTENDERAM?

Com medo, os meninos responderam em uníssono:

– Sim, professora Melanie.

Ao ouvir a resposta dos alunos, ela se virou e saiu do dormitório. Em poucos segundos, o dormitório estava cheio de barulho de novo, enquanto os

Hora do Espanto

meninos se reuniam ao redor de William e Edward. Os meninos também estavam chocados com o comportamento dos amigos. Ninguém jamais havia tratado a professora Melanie daquela forma. William e Edward se divertiram com toda aquela atenção. Tinham esperado mais de 300 anos para se divertirem de verdade e queriam aproveitar ao máximo. Os meninos conversaram e riram com os novos amigos a noite toda.

De volta ao castelo de Linchester, David e Simon também se aproveitavam ao máximo da situação. Assim que a escuridão caiu, eles deixaram a área da masmorra e começaram a passear pelos pátios do castelo. Encontraram outras crianças perdidas para assustar. Porém, em pouco tempo o castelo ficou vazio, sem nenhum visitante. Era possível ouvir apenas o som dos vigias trancando os cômodos e dos soldados indo para o alojamento.

David lembrou que William tinha falado alguma coisa sobre assombrar o quartel, principalmente o refeitório. Vários soldados ainda moravam no castelo e, depois que os visitantes iam embora, eles podiam descansar nos dormitórios e na área de descanso.

– Vamos descobrir onde os soldados estão. Estou cansado de provocar crianças. Gostaria de ver como

O Castelo dos Fantasmas

esses homens experientes em batalhas vão ficar depois de verem fantasmas – sugeriu David, saltando da muralha do castelo, onde os dois garotos tinham se sentado para olhar a cidade.

Não demorou muito tempo para os amigos encontrarem os soldados. Eles ouviram o barulho bem antes de verem qualquer coisa. Os soldados estavam obviamente se divertindo depois de um longo dia de caminhada pelo castelo, e horas em pé, parados e sérios, posando para fotos com turistas estrangeiros.

Simon se esticou para olhar pela janela do quartel. Havia pouco menos de 30 soldados reunidos em torno de duas mesas compridas, comendo e bebendo. Era possível ouvir uma música de fundo.

– Veja quanta comida! Estou morrendo de fome – Simon suspirou.

– Acho que fantasmas não conseguem comer isso. Foi mal, cara – respondeu David.

– Nem posso imaginar como é sentir isso depois de 350 anos. William e Edward devem ter enlouquecido vendo esse banquete toda noite! Aiii! Meu estômago está doendo! – Simon gemeu.

– Não ligue para seu estômago – David retrucou. – Vamos assustar esses caras. Ao meu sinal, vamos

Hora do Espanto

entrar pela porta com tudo e, espero, os soldados vão chorar como criancinhas. Assim que entrarmos, vamos flutuar bem alto sobre eles e fazer o máximo de barulho que pudermos. Pronto?

– Ok. Vamos lá – respondeu Simon.

– Um, dois, três! – David contou.

Os dois fantasmas temporários entraram na sala e imediatamente começaram a voar. Eles gritavam e faziam barulho bem alto, certos de que os soldados morreriam de susto.

David olhou para baixo de lá do alto, mas os soldados não tinham se mexido e continuavam sentados em torno das mesas. Eles olhavam para David e Simon, sorrindo.

– Olá, William! – um deles gritou. – Faz tempo que a gente não se vê. E aí, Edward, como vai a vida?

David não conseguia acreditar. Os soldados não estavam com medo nenhum! Era como se dois velhos amigos, e não fantasmas, tivessem acabado de entrar na sala. Então, caiu a ficha de David. Os soldados já tinham visto William e Edward tantas vezes que aquilo não era mais assustador.

– Certo, rapazes, já chega – outro soldado gritou. – Vão encontrar seus outros dois amigos e nos dei-

O Castelo dos Fantasmas

xem em paz. Amanhã vai ter um monte de turistas por aqui de novo. Aí vocês vão poder se divertir bastante.

Então, ele arremessou uma garrafa de cerveja que saiu voando e acertou o teto logo acima de David.

– Vamos, Simon, vamos dar o fora! – David gritou, indo para a porta.

Em vez de soldados fugindo, o que se viu foram os dois fantasmas batendo em retirada. Poucos minutos depois, eles estavam de volta ao quarto da torre, acima dos pátios e telhados do castelo, na sala onde tinham feito o acordo com William e Edward.

– É, isso não foi nada divertido. Foram os soldados que nos assustaram e não o contrário – Simon constatou, zangado.

– Eu sei – respondeu David. – William e Edward devem ter tentado assustá-los tantas vezes que eles simplesmente não se incomodam mais.

Os dois meninos se sentaram nas camas, com um pouco de pena de si mesmos. O episódio com os soldados tinha estragado a diversão fantasmagórica.

Por fim, Simon falou:

– Você ouviu o que aquele soldado disse?

– Eu estava muito ocupado desviando de uma garrafa de cerveja voadora, lembra? – David respondeu.

Hora do Espanto

– Ele disse: "Vão encontrar seus outros dois amigos". Mas que outros dois amigos? – Simon continuou.

David pensou por alguns segundos, e então disse:

– Com certeza, eles acham que nós somos William e Edward, e a única pessoa que vimos por aqui foi a Jezebel. Então, ela provavelmente deve ser um deles.

– É, você tem razão. Os amigos de William e Edward devem ser fantasmas. Jezebel se encaixa nisso. Mas ele disse que eram dois amigos. Quem será o outro? – Simon acrescentou.

Os dois meninos ficaram em silêncio. Eles pensavam a mesma coisa. A bruxa Jezebel já era ruim o suficiente. Quem mais estaria escondido em algum lugar entre as velhas muralhas do castelo? Quem quer que fosse esse alguém, ele ainda teria que aparecer. William e Edward tinham ajudado Simon e David. A velha Jezebel, apesar de assustadora e horrorosa, não tinha causado mal nenhum a eles. Esse outro fantasma podia ser diferente. Que tipo de fantasma ele poderia ser?

Os dois meninos de repente sentiram muito frio. Eles não viam a hora de reencontrarem William e Edward.

Capítulo 8

De manhã, a pousada estava em plena atividade. As meninas e os meninos faziam as malas e arrumavam os dormitórios. A professora Melanie patrulhava as duas cabanas, para garantir que tudo continuasse em ordem. Até William e Edward tinham feito a sua parte para resolver tudo. No entanto, a professora ainda os observava com atenção. Ela não tinha desistido do plano de marcar uma reunião com os pais dos meninos e o diretor da escola, para contar as travessuras dos dois.

A próxima etapa da excursão era voltar ao centro de Linchester. O ônibus pararia na principal área de comércio do centro, e as crianças aproveitariam o tempo livre para visitar as lojas.

Quando o ônibus parou no estacionamento, a professora Melanie foi para o corredor e deu as últimas instruções. Todos tinham que estar de volta até uma da tarde. O ônibus partiria à uma e quinze.

Hora do Espanto

No alto da torre no castelo, David e Simon olhavam para fora. A noite e a manhã tinham passado muito devagar. Eles haviam ficado no quarto, não se atreveram a encarar novas aventuras. Já estavam cansados de serem fantasmas, e a ideia de encontrarem alguém novo não os animava. Os dois tinham ficado em silêncio praticamente a noite toda, cada um perdido em seus próprios pensamentos. Eles agora dividiam o tempo entre andar pelo quarto de um lado para outro e olhar pela janela para o pátio lá embaixo, à procura de algum sinal de William e Simon. Ao longe, numa torre de igreja, David podia ver as horas num relógio velho. Faltavam apenas alguns minutos para o meio-dia.

– Não falta muito, Simon – David disse ao amigo, nervoso.

Nenhum dos dois queria dizer o que realmente estava pensando. Embora Simon não tivesse dado bola para o que Jezebel tinha dito, a hipótese de William e Edward não retornarem incomodava David e Simon.

No entanto, esses pensamentos desapareceram assim que David teve a estranha visão de sua própria imagem e da de seu amigo olhando para eles do pátio. Os dois garotos ficaram na ponta dos pés

O Castelo dos Fantasmas

e acenaram para seus novos amigos que estavam lá embaixo. Dava para ver o alívio escrito no rosto de David e Simon, que estavam sorrindo de orelha a orelha.

– Eu não duvidei deles em nenhum momento! – David afirmou, confiante.

– Até parece, você estava tão preocupado quanto eu! – Simon retrucou.

No pátio, William e Edward olhavam para a pequena janela da torre e para os dois rostos que olhavam para eles.

– Espero que eles tenham tido uma noite boa – disse William, virando-se para Edward.

– Ah, eles ainda terão muitas chances. Terão todas as noites que precisarem. Se nós conseguimos fazer isso por 350 anos, eles também conseguem – Edward respondeu, com frieza no olhar.

William olhou para os dois rostos de novo. Viu o próprio rosto sorridente olhando para baixo. Começou a se sentir triste pelos dois garotos.

Edward interrompeu os pensamentos do irmão:

– Vamos. Precisamos ir agora. A caminhada até o ônibus vai ser longa.

William e Edward acenaram pela última vez para os garotos na janela, viraram-se e começaram a atra-

Hora do Espanto

vessar o pátio. Passaram pela escada rumo à masmorra e continuaram em direção aos portões do castelo.

– Aonde eles vão? – o tom de pânico na voz de Simon era inconfundível.

David não disse nada, apenas balançou a cabeça sem conseguir acreditar no que estava vendo, enquanto William e Edward lentamente desapareciam.

Simon se afastou da janela, atravessou o quarto, saiu pela porta e começou a descer as escadas.

– Simon! Aonde você vai? – David começou a gritar com o amigo, mas depois desistiu e foi atrás dele.

Os dois meninos desceram as escadas e passaram pelos corredores da masmorra. Em poucos minutos, chegaram à escada que levava ao pátio superior. Sem parar, Simon começou a subir a escada de dois em dois degraus. David estava logo atrás. Quando Simon subiu o último degrau, a luz brilhante o acertou como um soco, e ele rolou escada abaixo. David conseguiu segurá-lo antes que ele chegasse até o último degrau. Era impossível sair à luz do dia.

Simon se recompôs e se sentou no meio da escada. David se sentou ao lado dele. Eles estavam presos. William e Edward tinham enganado os dois. Eles se sentiram tolos. Os dois garotos ficaram sentados em silêncio, tentando encontrar um jeito de sair

O Castelo dos Fantasmas

daquela situação. Era inútil. Eles nunca mais veriam suas famílias e amigos.

Na rua, William e Edward apareceram para se juntarem a seus novos amigos. Eles se deleitavam com a luz, com a liberdade, com todo aquele espaço. Eles morreram tão jovens, e agora era como se tivessem acabado de nascer de novo. Eles tinham tanta coisa para fazer, tantas experiências maravilhosas para viver. Eles nunca mais teriam que ficar presos no castelo.

No retorno para Newtown-on-Sea, o bom humor de William e Edward foi interrompido de repente. Depois que todas as crianças desceram do ônibus e foram encontrar os pais para irem para casa, a professora Melanie chamou os dois meninos. Na diretoria, a professora Melanie contou a história da viagem, sem pular nenhum detalhe, para as mães de David e Simon.

A diretora decidiu suspender os meninos da escola por uma semana. A senhora Ashton e a senhora Langley ficaram chocadas e envergonhadas. Elas levaram os filhos para casa e cada um teve que ficar em seu quarto. Os pais deles iam castigá-los assim que chegassem do trabalho.

Quando o senhor Ashton e o senhor Langley voltaram para casa, os meninos sentiram algo que não

Hora do Espanto

sentiam fazia um bom tempo: a dor de umas palmadas no traseiro. William e Edward perceberam que a vida nesse novo mundo não seria tão fácil assim. Teriam que seguir novas regras. Tinham ficado sozinhos no castelo por muito tempo. Lá, podiam fazer o que queriam quando queriam, sem medo de serem controlados por quem quer que fosse. Agora, eles tinham aquelas coisas desagradáveis chamadas "pais".

Capítulo 9

David se sentou numa das camas no quarto da torre, enquanto Simon olhava pela janela. Quatro dias tinham se passado desde que William e Edward acenaram para eles do pátio.

– Não adianta ficar procurando por eles, Simon. Eles não vão voltar. Fomos enganados e pronto. É melhor se acostumar com a ideia – David disse, impaciente.

Todos os dias, ao meio-dia, Simon ia até a janela da torre e olhava em busca de William e Edward. A cada dia que passava, David ficava mais irritado com a chegada do meio-dia, que sempre passava sem qualquer sinal dos dois fantasmas.

– Não podemos desistir, David. Deve ter algum jeito de sairmos daqui – Simon insistiu.

Uma noite, depois que William e Edward os abandonaram, Simon e David tentaram sair do castelo. Mas era o mesmo que caminhar sob a luz do dia. Era

Hora do Espanto

como se existisse uma parede invisível bloqueando o caminho. Eles não podiam escapar do castelo.

Simon se afastou da janela e se sentou na cama ao lado de David. O quarto ficou em silêncio de novo.

Os dois meninos não perceberam a princípio o som de passos ao longe. Então, David levantou a cabeça e sussurrou:

– Simon, escute! Que barulho é esse?

Simon se concentrou. Era o som inconfundível de passos se aproximando, subindo as escadas. Fazia muito tempo que eles não viam Jezebel. A última vez foi na primeira noite deles no castelo, quando ela os alertou sobre o plano de William e Edward.

David e Simon olharam para a porta. Os passos estavam vindo na direção deles. Eram pesados demais para serem de Jezebel.

"Talvez sejam William e Edward voltando para nos libertar" – pensou Simon.

O ânimo dele começou a melhorar. Já David estava menos otimista. Ele ainda se lembrava do que o soldado havia falado sobre haver mais alguém vagando pelo castelo.

A porta se abriu. Um velho alto e magro apareceu, vestido com um casaco de veludo, calça verde

O Castelo dos Fantasmas

e um chapéu com uma longa pena de pavão. A pele verde-clara confirmava que ele era um dos habitantes mais antigos daquele castelo. Ele começou a falar de uma maneira forte e rebuscada:

– Pois bem, rapazes, achei que já estava na hora de nos conhecermos. Meu nome é Lamont, Derek Lamont. Então, estão gostando do meu castelo?

Depois de tudo o que haviam passado nos últimos dias, ver um homem velho vestido com roupas estranhas não era algo tão perturbador assim.

– Seu castelo? Como assim "seu" castelo? – David perguntou.

– Bem, costumava ser meu – respondeu o velho. – Meu título correto é lorde Lamont de Linchester. Prazer em conhecê-los.

O velho se inclinou e estendeu a mão. Os dois meninos o cumprimentaram.

Antes que um deles tivesse a chance de dizer alguma coisa, o velho continuou:

– Agora, não se desesperem. Sei o que vocês pensaram e como se sentiram nos últimos dias. Nem tudo está perdido. Em breve, vocês estarão em casa, com sua família.

David e Simon não conseguiam acreditar nas palavras do velho.

Hora do Espanto

– Mas como? Estamos presos aqui. William e Edward não vão voltar. Eles foram embora para sempre – disse Simon, tentando se controlar.

– Eles não foram embora para sempre. Logo voltarão. Aliás, eles voltarão amanhã – lorde Lamont continuou, calmamente.

– Mas como? Por quê? Por que eles voltariam para cá? Eles nos enganaram para conseguirem a liberdade. Não vão voltar – desta vez era David quem tentava entender o que o velho estava dizendo.

Lamont continuou, sem se perturbar:

– Amanhã é dia 28 de junho. É por isso que eles voltarão.

– Mas o que tem de tão especial no dia 28 de junho? – David perguntou.

Lamont sorriu para os meninos e continuou:

– Tenho certeza de que William e Edward lhes contaram como morreram, certo? Foram enforcados por roubo, um péssimo negócio. Mas não foram só os dois irmãos que morreram naquele dia. Havia um terceiro. O irmão mais novo deles, Philip, também morreu naquele dia. Ele tinha apenas 9 anos de idade. E 28 de junho era o aniversário de Philip.

– Mas por que eles voltariam para cá? Só por causa desse aniversário? – Simon perguntou, confuso.

O Castelo dos Fantasmas

– Eles estavam passeando com Philip, deveriam ter cuidado dele – Lamont continuou. – William e Edward decidiram roubar um pouco de comida e foram pegos. Philip era apenas um espectador inocente. Os dois nunca se perdoaram. Todos os anos, no aniversário dele, eles vêm colocar flores no túmulo de Philip, oram por sua alma e pedem perdão. Eles não vão perder isso, não perderiam isso por nada. Eu os conheço. Lembrem-se, vivi aqui com eles por mais de 350 anos. Eles estarão de volta amanhã, podem escrever o que estou dizendo.

Os dois meninos ficaram surpresos e eufóricos ao mesmo tempo. As palavras de Lamont os encheram de esperança, esperança que antes estava desaparecendo rapidamente. Mas David ainda estava um pouco intrigado.

– Mas por que não vimos Philip? Ele também é um fantasma aqui, não é? – ele perguntou.

– Philip foi mantido numa cela separada dos outros dois – Lamont respondeu. – Depois que os irmãos foram enforcados, Philip foi levado de volta à sua cela e enterrado ali mesmo, embaixo da terra. William e Edward foram levados para a cela ao lado e foram enterrados lá. Quando o padre veio abençoar os túmulos, ele abençoou por engano apenas

Hora do Espanto

o de Philip. Pensou que todos tivessem sido enterrados juntos. A alma de Philip descansou. William e Edward não tiveram a mesma sorte. A sepultura deles nunca foi abençoada, e suas almas ficaram presas aqui desde então.

– Que história horrível! Quem poderia ser tão cruel para assassinar três garotos da mesma família? Muito triste – David murmurou, chateado.

– Não se preocupem – disse o velho. – O que temos que fazer é tirar vocês dois daqui. Este lugar não é para vocês. Amanhã vocês voltarão para casa.

David e Simon ficaram aliviados. Afinal, poderiam aproveitar a liberdade de novo, e suas vidas voltariam ao normal. Eles mal podiam esperar pelo dia seguinte.

Capítulo 10

William e Edward tinham aproveitado a semana de folga na escola para fazerem o máximo de travessuras possíveis. Teria sido melhor para todos se eles tivessem continuado na escola, onde alguém ficaria de olho neles. Em vez disso, depois de terem atormentado as mães durante dois dias inteiros revirando a casa e se metendo no caminho delas, os dois finalmente conseguiram sair de casa. Assim que se livraram da supervisão das mães e dos professores, era como se estivessem de férias. Tinha sido uma punição bem agradável!

No primeiro dia de liberdade, os irmãos se sentaram no muro da escola fazendo caretas para os colegas através das janelas de vidro. Felizmente, a professora Melanie não os viu.

Na cidade, brincaram do jogo do desafio na feira local, um desafiando o outro para ver quem conseguia roubar mais comida das barracas. William chegou a ser pego por um feirante, mas Edward acertou

Hora do Espanto

o homem na cabeça com um melão gigante, e os dois conseguiram escapar. Aquele era um novo mundo de maravilhas para eles. Depois que saíram das muralhas do castelo, eles ficaram surpresos, pois o mundo estava muito diferente da época em que eram vivos.

Edward estava fascinado por carros e ônibus. Numa de suas aventuras, os irmãos conseguiram entrar num carro que estava aberto perto de uma barraca. Eles pularam para dentro do veículo, esperando acelerar para longe, mas, em vez disso, ficaram lá sentados e imóveis. O carro se recusava a andar, apesar de Edward e William terem gritado as instruções bem alto. Quando voltaram de Linchester no ônibus escolar, achavam que o motorista simplesmente mandava o ônibus andar. O último veículo em que andaram tinha sido a carroça do pai deles.

Em casa, eles eram incontroláveis. Simplesmente se recusavam a fazer qualquer coisa que pedissem. A senhora Ashton já estava arrancando os cabelos. Ela não podia acreditar no que estava acontecendo com seu filho. A senhora Langley também estava desesperada. Tinha chegado inclusive a levar Edward ao médico, acreditando que ele sofria de algum tipo de doença que afetava seu comportamento.

O Castelo dos Fantasmas

Quando estavam fora de casa, Edward e William bolaram um plano para voltarem a Linchester. Estavam cientes da data que se aproximava e sabiam que tinham que voltar para o castelo. Mas tinham a intenção de fazer tudo isso sem serem notados por David e Simon.

Eles visitaram a estação de trem de Newtown-on--Sea e descobriram que poderiam facilmente evitar a bilheteria, entrando no trem para Linchester sem pagar. Quando chegassem ao castelo, eles esperariam até escurecer, para evitar que alguém os visse da janela da torre. Em seguida, entrariam na masmorra e iriam para a cela onde o irmão deles estava enterrado. Eles planejavam estar fora das muralhas do castelo e a caminho de volta para Newtown-on-Sea em dez minutos, no último trem.

Na manhã do dia 28 de junho, William e Edward se encontraram na estação de trem. Os dois tinham inventado a história de que passariam o dia inteiro na biblioteca da cidade, estudando. É claro que a senhora Ashton e a senhora Langley não acreditaram. Mas elas ficaram felizes por ficarem um pouco longe dos filhos.

Depois de embarcarem no trem para Linchester, William e Edward passaram cerca de três horas

Hora do Espanto

pulando de um vagão para o outro, para fugirem do cobrador. Os outros passageiros notaram as palhaçadas deles e até se divertiram com essa brincadeira de gato e rato. Dessa vez, o rato, ou melhor, os ratos escaparam ilesos e logo chegaram à estação de Linchester. Eram quase nove da noite e já estava bem escuro.

William e Edward hesitaram quando chegaram ao grande portão do castelo. Aquele lugar tinha sido a prisão deles por muito tempo, e eles estavam voltando lá por vontade própria. No entanto, eles não tinham escolha. Tinham prometido que sempre se lembrariam do irmão. Essa era a única maneira que eles tinham encontrado de compensar a enrascada em que o haviam colocado. O grande portão estava trancado, mas não havia ninguém vigiando o local. Todos os guardas do castelo com certeza estavam com os pés para cima em algum lugar aconchegante lá dentro. Afinal, não era a Idade Média e eles não esperavam nenhum exército furioso.

William e Edward escalaram a enorme grade de ferro e logo estavam lá dentro, indo para os pátios superiores. Cerca de um minuto depois, estavam perto do pátio principal. Eles só conseguiriam chegar à masmorra pelo outro lado. William olhou para o céu. Aos poucos, a lua desaparecia atrás de uma

O Castelo dos Fantasmas

grande nuvem negra. O pátio estava em completa escuridão. William olhou para a torre onde ficava seu antigo quarto. Não conseguiu ver nada. Estava muito escuro.

Com pressa, os dois rastejaram em silêncio pelas pedras que pavimentavam a entrada da masmorra. Haviam concordado que não diriam nenhuma palavra até que estivessem fora das muralhas do castelo. Seguiram na ponta dos pés pela escadaria, parando no final para verificar se havia ali algum sinal de atividade. A masmorra estava em silêncio. Todo o lugar estava em completa escuridão, mas, depois de tantos anos presos ali, William e Edward conheciam o caminho de olhos fechados. Eles também sabiam onde Jezebel poderia estar e trataram de ficar longe dela.

Eles logo chegaram à porta que estavam procurando. Era a porta da cela onde tinham conhecido David e Simon. Empurraram a porta e entraram no quarto frio. Tinham acabado de entrar, quando a porta de repente se fechou atrás deles.

– Mas o quê?! – William exclamou, virando-se.

Ele se esforçou para ver alguma coisa naquela escuridão. Então, com o barulho de alguém riscando algo, uma vela se acendeu.

Hora do Espanto

– Lamont! O que você está fazendo? – William perguntou.

Lorde Lamont segurava uma vela na frente do rosto, e a luz oscilante tornava sua aparência fantasmagórica ainda mais misteriosa.

– Olá, rapazes. Bem-vindos mais uma vez! – Lamont gritou, e sua voz ecoou no ambiente.

Assim que notou o barulho, William levantou as mãos, num esforço para acalmar o velho.

– Hummm! Vocês estão com medo que eu acorde algum morto? – Lamont acrescentou, mais uma vez falando bem alto.

Houve mais barulhos de alguém riscando algo e mais duas velas se acenderam. William e Edward sentiram as luzes atrás deles. Eles se viraram devagar, sabendo quem encontrariam.

Eram Simon e David, iluminados por duas velas. Ou melhor, eram David e Simon presos no corpo de Edward e William.

William reagiu como um animal encurralado e saltou em direção à porta. Conseguiu empurrar Lamont para o lado. Antes que William conseguisse abrir a porta, David pulou em cima dele e o agarrou pelo pescoço. Ao mesmo tempo, Simon pulou em Edward e o derrubou.

O Castelo dos Fantasmas

Os dois ex-fantasmas não lutaram por muito tempo. Sabiam que estavam presos. Como fantasmas, David e Simon eram fortes demais para os dois, que caíram de joelhos. William começou a soluçar. Sua tão esperada liberdade havia acabado. Ele não suportaria ficar uma eternidade preso atrás daquelas paredes.

David e Simon não ficaram com a mínima pena dos fantasmas, apenas olharam com desdém para as duas figuras desamparadas curvadas à frente deles.

— Vocês são maus. Confiamos em vocês. Vocês queriam nos deixar aqui para sempre. Levantem-se e nos deem as mãos. Vamos sair daqui — David afirmou friamente, a adrenalina percorria seu corpo e isso o deixava sem medo de nada.

William e Edward ficaram de pé. Os quatro rapazes curvaram a cabeça e deram as mãos. David e Simon fecharam os olhos e se concentraram, desejando que tudo voltasse a ser como antes. Pouco a pouco, os quatro começaram a mudar de aparência. Instantes depois, David e Simon olharam para as duas figuras fantasmagóricas, que pareciam desoladas, derrotadas.

William olhou para cima e seu olhar cruzou com o de David, que percebeu a angústia nos olhos dele, mas não disse nada. William e Edward foram lentamente

Hora do Espanto

para fora da cela em silêncio. Lamont deu um chute no traseiro dos fantasmas quando eles saíram.

David e Simon se entreolharam e, em seguida, ergueram os braços comemorando. Eles tinham voltado ao normal. O pesadelo tinha acabado. David estava tão eufórico que mal podia esperar para dar um abraço de urso na professora Melanie. Ele nunca mais iria desobedecê-la.

A festa dos dois rapazes foi interrompida pelo barulho da porta da cela se fechando. Eles estavam sozinhos. Nenhum sinal de Lamont. Em seguida, houve um segundo barulho. Era o som de uma chave girando. Os rapazes olharam para a porta. O visor se abriu. A voz grossa de Lamont quebrou o silêncio atordoante.

– Tenho certeza de que vocês vão querer desfrutar da nossa hospitalidade por mais algum tempo, não é, meninos? – o velho disse em um tom ameaçador, que parecia mais uma afirmação do que uma pergunta.

– Deixe a gente sair daqui, Lamont. Isso não é engraçado. Estamos indo para casa. Abra a porta! – Simon gritou, com raiva.

O tom de voz de Lamont endureceu.

– Casa? Depois de tudo o que vocês viram e testemunharam aqui? Casa? Esta é a casa de vocês ago-

O Castelo dos Fantasmas

ra! Podem se acostumar com isso. Quando tiverem morrido de fome, suas almas poderão sair e vagar pelo castelo, assim como nós.

Com isso, o visor da porta se fechou e Lamont desapareceu rindo no corredor da masmorra.

Agora, parecia mesmo que o pesadelo não acabaria nunca.

Capítulo 11

David bateu com força na porta da cela até suas mãos doerem. Quando suas mãos machucadas não aguentavam mais, ele parou e deu um passo para trás, em desespero. Foi inútil. As celas da masmorra do castelo tinham aprisionado pessoas como eles por séculos. A única maneira de eles saírem dali era se alguém destrancasse a porta.

Simon sabia disso e assistiu aos esforços inúteis do amigo. Fazia mais ou menos uma hora que Lamont tinha trancado a porta, aprisionando-os de novo naquele castelo antigo.

– Pare com isso, David. Não adianta – Simon sugeriu por fim, desconsolado.

– Não consigo acreditar que fomos enganados de novo – disse David, apoiando-se na fria parede de pedra. – Achei que ele quisesse nos ajudar.

– Somos burros demais mesmo. Achávamos que éramos muito espertos, mas somos muito burros – Simon respondeu, irritado consigo mesmo por ter sido pego de surpresa mais uma vez.

Hora do Espanto

Eles tinham chegado tão perto de recuperar a liberdade, mas tudo foi por água abaixo de novo. Pela segunda vez, eles tinham confiado em pessoas, ou melhor, em fantasmas, e, pela segunda vez, tinham sido enganados. Lamont tinha sido a última esperança deles. Agora não havia mais ninguém para ajudá-los. Quem poderia encontrá-los nas masmorras daquele castelo, onde ninguém ia? Ninguém, exceto alunos bobos e arrogantes em busca de aventura.

Mais uma vez, os dois meninos se sentaram em silêncio na antiga cela. Dessa vez, estavam presos de verdade numa cela escura e fria, que não media mais do que 3 metros por 2 metros.

O barulho do visor deslizando mais uma vez quebrou o silêncio. Os meninos levantaram a cabeça, com esperança.

– David! Simon!

Os dois meninos reconheceram a voz de William.

– Vocês estão bem? – a voz falou novamente.

– Até parece que vocês se importam! Estamos presos de novo, graças ao seu amigo Lamont – retrucou Simon.

– Ele não é nosso amigo – respondeu William. – Foi ele quem matou a mim e aos meus irmãos.

O Castelo dos Fantasmas

– Ele enforcou vocês? – David perguntou, espantado.

– Ele ordenou que nos matassem, para servir de exemplo – disse William. – A comida era escassa em todos os lugares, por causa da Guerra Civil. Lamont queria castigar qualquer um que fosse pego roubando comida. Mas a nossa mãe estava doente em casa. Ela precisava de comida. Tivemos de pegar um pouco. O único jeito era roubar. Ele teve o que merecia logo depois, quando a própria esposa o assassinou com uma facada no coração.

– Por que deveríamos ter pena de vocês? – perguntou Simon, ainda furioso com os dois fantasmas.

– Vocês queriam nos abandonar aqui. Nunca fizemos mal a vocês. Nós confiamos em vocês.

William hesitou e então continuou:

– Você tem razão. O que fizemos foi errado. Sabemos disso agora. Mas foi só porque finalmente tivemos uma chance de sair daqui depois de tanto tempo. Nós não conseguimos resistir à tentação. Por favor, perdoem a gente.

Desta vez, David e Simon hesitaram. Havia sinceridade nas palavras de William. Simon foi o primeiro a responder.

Hora do Espanto

– Só tirem a gente daqui. Vocês têm que tirar a gente daqui – ele pediu.

– Não podemos. A única chave está com Lamont. Não podemos fazer nada. Desculpem.

Simon perdeu a paciência. Abaixou-se e pegou uma pequena pedra no chão da cela. Atirou-a através do visor e gritou:

– Então, saiam daqui! Deixem a gente em paz. Isto é tudo culpa de vocês. Caiam fora!

O visor se fechou e os dois meninos ficaram sozinhos de novo. Dessa vez, o silêncio não durou muito tempo. Eles logo ouviram um barulho familiar no corredor do lado de fora da cela. Era o som de Jezebel se aproximando. Isso não fez os meninos se sentirem melhor. Eles estavam presos e indefesos, e agora tinham que enfrentar aquela bruxa má de novo.

O visor se abriu devagar e sem fazer barulho, como se estivesse sendo controlado por algum poder estranho. Um olho amarelado e feio apareceu no buraco. David e Simon se apertavam contra a parede, preparados para o pior.

– Ora, ora, meus dois amigos de novo. Parece que vocês gostam de se meter em encrenca. Vejo que estão desfrutando da famosa hospitalidade do Lamont – a bruxa falou.

O Castelo dos Fantasmas

A velha olhou para os dois garotos através do visor. Ela podia ver claramente o medo e o desespero deles.

– Bem, para sorte de vocês, a velha Jezebel está aqui para ajudá-los – ela acrescentou.

David ouviu essas palavras, mas não entendeu. Engoliu em seco e perguntou:

– Você vai nos ajudar? Como? Por quê?

– Por quê? Porque eu não desejo nenhum mal a vocês. E não suporto o Lamont – respondeu Jezebel. – Ele mandou me queimarem na fogueira simplesmente porque sou o que eu sou, uma bruxa. Não posso evitar, é o que sou. Nunca usei meus poderes para machucar ninguém. As pessoas simplesmente não nos entendem nem entendem nossa maneira de ser. Querem saber como posso ajudar vocês? Eu sou uma bruxa! Não preciso de chave.

A porta da cela se abriu. A velha bruxa mostrava um sorriso enorme. O sorriso dela agora parecia amigável, e não mais ameaçador.

– Agora saiam daqui e não voltem nunca mais. E nunca contem a ninguém o que vocês viram aqui. É para o seu próprio bem – disse Jezebel, ficando de lado e fazendo um gesto para os meninos saírem.

Hora do Espanto

David e Simon não precisaram pensar duas vezes. Eles passaram correndo pela bruxa e dispararam pelos corredores da masmorra. Encontraram a saída e subiram a escada de dois em dois degraus. Quando chegaram ao pátio superior, pararam para recuperar o fôlego. Eles se curvaram, com as mãos nos joelhos, e sorriram. Eles nunca poderiam imaginar que seriam salvos pela velha Jezebel!

– Vamos sair daqui – disse Simon, atravessando o pátio.

David começou a andar atrás dele. De repente, parou.

– Simon, espere! – ele gritou.

Simon se virou e viu o amigo olhando para cima em direção à torre. À luz da lua, lá na janela, era possível ver dois rostos, cuja coloração verde quase brilhava no escuro, como alguns brinquedos estranhos.

– Vamos, David. Temos que ir – Simon insistiu, puxando o braço do amigo.

David se soltou e olhou em volta. Do outro lado da entrada da masmorra ficava a pequena capela do castelo. David teve uma ideia.

– Siga-me, Simon. Não podemos abandoná-los – ele disse, apontando para a capela.

O Castelo dos Fantasmas

Simon não conseguia acreditar. Mesmo depois de tudo o que eles tinham passado, sabendo que poderiam ficar presos entre aquelas muralhas para sempre, David ainda estava disposto a se arriscar mais uma vez. Simon observou o amigo correr até a entrada da capela e desaparecer lá dentro. Poucos segundos depois, ele reapareceu com alguma coisa nas mãos. Simon foi correndo para perto do amigo.

– O que você está fazendo? David, por favor, vamos sair daqui! – Simon pediu ao amigo, mais uma vez.

– Você se lembra que o Lamont disse que o túmulo dos fantasmas não foi abençoado? Não sou nenhum sacerdote, mas esta água benta pode resolver o problema – disse David, levantando as mãos para mostrar a Simon um pequeno recipiente com água que ele havia pegado na capela.

Simon balançou a cabeça e David correu para a entrada da masmorra. Simon não teve escolha a não ser seguir o amigo.

Os dois meninos entraram na masmorra fria mais uma vez. A simples visão daqueles corredores compridos e escuros era suficiente para deixá-los com medo. Eles logo encontraram a cela em que tinham ficado presos. Era a antiga cela de Philip. Lamont

Hora do Espanto

tinha falado que os dois irmãos haviam sido enterrados na cela ao lado. Mas havia uma cela de cada lado daquela do Philip.

David escolheu a cela da direita. Abriu a porta e entrou. Olhou as paredes escuras. Como ele poderia ter certeza de que aquela era a cela certa? Apertou os olhos, procurando algum sinal. Então, ele viu. Caminhou até a parede mais distante. Levantou a mão e, com os dedos, seguiu algumas linhas riscadas na parede. Eram sem dúvida as letras W e E, de William e Edward. Era isso que ele procurava!

– David, alguém está vindo! – Simon gritou do corredor.

David fechou os olhos e murmurou:

– Por favor, Deus, tome conta destas almas, para que descansem em paz – ele disse, virando o copo e derramando o conteúdo no chão da cela.

– Vamos logo, David! – Simon pediu enquanto o som de passos no corredor ficava cada vez mais alto.

David abriu os olhos. Diante dele, estavam William e Edward. Eles pareciam diferentes. Estavam usando as mesmas roupas, mas a pele verde fantasmagórica tinha desaparecido. Eles pareciam... normais!

O Castelo dos Fantasmas

Quando David olhou para eles, eles sorriram de modo tranquilo. Então, lentamente, começaram a desaparecer. Aquelas almas finalmente poderiam descansar. Em um instante, eles tinham desaparecido, e David ficou sozinho na cela de novo.

Simon olhou para o corredor. Do outro lado, ele viu a silhueta inconfundível de Lamont, que logo viu o menino.

– O quê! Como vocês... – ele gritou com raiva.

Simon entrou na cela e agarrou David, que estava em choque. Lamont vinha correndo na direção deles, com os pés poucos metros acima do chão. Os dois meninos correram o mais rápido possível, tentando chegar às escadas da saída. Mas Lamont se aproximava rapidamente, deslizando na direção deles sem fazer o menor esforço. Eles não iam conseguir. Lamont já estava alguns metros atrás deles.

Os meninos fizeram a última curva. As escadas estavam a cerca de 20 metros de distância, mas estava escuro lá fora. Lamont poderia segui-los até o pátio.

Eles estavam prestes a serem capturados de novo.

De repente, um grito estridente e familiar encheu a masmorra. No final das escadas estava Jezebel, de braços estendidos, apontando para o corredor na direção dos meninos.

Hora do Espanto

– David, Simon, abaixem-se! No chão, já! – ela gritou.

David e Simon conseguiram se atirar no chão bem a tempo. Das mãos de Jezebel, saíram duas bolas de fogo que dispararam pelo corredor. David virou a tempo de ver as duas bolas acertarem Lamont, que rodopiou para trás.

– Depressa, rapazes. Fujam! Não vou conseguir segurá-lo por muito tempo. Corram e não parem até saírem das muralhas do castelo. Vão! Agora!

David e Simon se levantaram, passaram correndo por Jezebel, subiram as escadas e chegaram ao pátio superior. Fizeram o que Jezebel mandou e só pararam depois de escalarem o grande portão. Na verdade, eles continuaram correndo até não aguentarem mais. Finalmente, pararam, ofegantes, e se apoiaram na entrada de uma loja.

Os dois rapazes olharam para trás. A lua brilhava sobre o telhado do castelo, dando à cena um brilho azul e prateado. David se sentou na soleira da porta da loja, respirando com dificuldade. Na calçada ao lado dele, havia uma placa: "Restaurante da Bruxa Velha".

David sorriu para Simon.

O Castelo dos Fantasmas

– Venha, vamos para casa – ele disse, levantando-se.

Quando os dois estavam passando pelo restaurante, David notou um cartaz colado no vidro:

Excursões para ver os fantasmas de Linchester
Todas as noites, às dez horas

Simon colocou o braço em volta do ombro do amigo.

– Nem pense nisso! Nem pense! – ele repetiu, apertando David com força.

– Nunca mais! Nunca mais! – David respondeu, com um sorriso de orelha a orelha.

Os dois meninos se viraram e foram para casa, aliviados.

Esperamos que você tenha gostado desta história de Edgar J. Hyde. Aqui estão outros títulos da série *Hora do espanto* para você colecionar:

O TEATRO DAS BRUXAS

BILHETE DO ALÉM

BEIJO SINISTRO

O COVEIRO

O TEATRO DAS BRUXAS

Você já ouviu o ditado "Cuidado com o que deseja, pois pode se tornar realidade"?

Jo, Melissa e Jenny, as estrelas da nova peça da escola, estão prestes a descobrir que conseguir tudo o que se deseja nem sempre é uma coisa boa.

As amigas fazem o papel de três bruxas na peça. Mas essas bruxas não são apenas personagens de ficção, e logo as garotas ficam cara a cara com essas mulheres grotescas que pretendem espalhar o mal pelo mundo.

Como as três jovens atrizes poderão impedi-las?

BILHETE DO ALÉM

Olívia e Natasha são amigas de escola que, às vezes, trocam bilhetinhos. Até que, um dia, começam a surgir nesses bilhetes mensagens estranhas, que não foram escritas por nenhuma das duas. Ao seguir uma dessas mensagens, Olívia recebe um aviso de que está correndo perigo!

Agora, as amigas terão que se esforçar para descobrir o que está acontecendo e quem mandou aqueles bilhetes... Será que elas conseguirão?

Beijo Sinistro

Todos os garotos da escola querem beijar Sally Anne, a aluna nova, até que George consegue. Começam a rolar boatos sobre o beijo gelado da garota, que parece tê-lo feito congelar no tempo, como se fosse um beijo temporariamente mortal.

Outro garoto, Tommy, faz de tudo para resistir ao beijo de Sally Anne.

O mais estranho é que Tommy sente que já viu a garota antes. Mas quando?

O Coveiro

A família Price se mudou para uma casa no meio do cemitério. Nessa família, há um pai que escreve histórias de terror, duas crianças (Jamie e Paula), um vampiro com fobia de sangue, um lobisomem vegetariano, um fantasma sem cabeça e uma múmia egípcia.

Você acha que eles se assustam com fantasmas do cemitério? Claro que não! Foi por isso mesmo que eles se mudaram para lá! Mas eles precisam ter cuidado com o sinistro jardineiro do cemitério, Ebenezer Krim, e com o fantasma do velho coveiro, que planejam coisas terríveis...

Conheça outros títulos da coleção